Warten auf die Anderen,
Trennung erster Art.

Pina Bausch, Nachruf,
Trennung zweiter Art.

Vom Sterben nach dem Tod.
Trennung dritter Art.

Harald Birgfeld

Harald Birgfeld, geb. in Rostock, lebt seit 2001 in 79423 Heitersheim. Von Hause aus Dipl.-Ingenieur, befasst er sich seit 1980 mit Lyrik. In mindestens 27 Anthologien ist er vertreten. Alle derzeitigen Veröffentlichungen im Anhang.
Harald Birgfeld schrieb seine Geschichten,
Warten auf die Anderen/
Pina Bausch, Nachruf/ und
Vom Sterben nach dem Tod
überwiegend während der Fahrten in der Hamburger S-Bahn zur und von der Arbeit.
Der Autor begegnet den neuen Phänomen, Trennung erster Art, Trennung zweiter Art und Trennung dritter Art.

Aus dem Gutachten, 1986, der an der Universität Freiburg tätigen Germanistin, Gabriele Blod:
"Es lohnt sich, einmal einen heutigen Dichter kennen zu lernen, der mit der deutschen Sprache einen faszinierend fremden Weg betritt und trotzdem dem Leser Freiraum lässt für eigene Gedankengänge, ohne dass die Probleme in erhobener Zeigefingermanier zu zeitkritischen Trampelpfaden werden."

Birgfeld schrieb überwiegend Gedichte, inzwischen mehr als 12.000 Strophen.

Buchumschlag: Harald Birgfeld
Herausgeber, Autor, Redakteur: Harald Birgfeld.
e-mail: Harald.Birgfeld@t-online.de
Im Internet unter : www.Harald-Birgfeld.de

© 2017
Herstellung und Verlag: BoD – Books on Demand, Norderstedt.
ISBN: 9783744855884

Seite

Warten auf die Anderen 4
Trennung erster Art.

Inhaltsverzeichnis

Trennung zweiter Art.

Trennung dritter Art.

Warten auf die Anderen

Trennung erster Art.

Er fuhr schon sieben oder acht Jahre zur See. Er hatte immer dasselbe Schiff gehabt und die Mannschaft war seit drei Jahren gleich geblieben. Mal ging einer in Urlaub oder wurde krank, aber abgeheuert hatte keiner in der Zeit.

Das Leben an Bord war, bis auf kleine Unterbrechungen, recht eintönig. Die Wachen wurden geschoben, man schlief, sobald es Zeit war und fütterte die Bordkatze, die immer weglief, wenn man sie streicheln wollte. Wäre nicht die elende Gewohnheit, dachte Alan, könnte man von Erholung sprechen. Von Sydney nach Santiago. Wie lange wird es dauern? Ach, ist auch gleichgültig, wenn das Wetter so bleibt, können wir uns freuen. Es wehte tatsächlich kaum Wind, und tagsüber liefen fast alle ohne Hemd an Deck herum.

Es war noch sehr früh heute, vielleicht halb vier. Alan hatte Wache, und um vier würde er abgelöst werden. Danach würde er sich bis acht in die Koje lagen und später Frühstück machen. Aber erst einmal schlafen. Er band sich seine Armbanduhr wieder um, die er immer auf das Pult legte, um sie nachher nicht zu vergessen. Noch eine halbe Stunde.

Von Sydney nach Santiago, dachte er wieder, quer über den Großen Ozean oder den Stillen Ozean. Kann wirklich sehr still sein. Er empfand eine große Stille. Sein Ohr hatte sich schon so lange an die Geräusche der Maschine gewöhnt, dass er sie nicht mehr wahrnahm. Selbst, wenn er darauf achtete, wusste er manchmal nicht, ob er sie hörte oder nicht. Wie das Ticken einer Uhr. Man horcht auf, hört's und hört's doch nicht. Noch eine Viertelstunde, dann leg ich mich hin. Alan bewohnte mit Charles dieselbe Kajüte. Sie waren Freunde, und sie vertrugen sich gut miteinander.

Charles hatte ein Radio an Bord und Bücher waren auch da. Er sollte Alan ablösen und musste gleich kommen. Welch herrliche Ruhe hier oben ist, dachte Alan wieder und welch eine Einsamkeit. Sein Blick glitt über die Wellen zum Horizont und in die beginnende Bläue des Himmels und wieder zurück auf das Wasser. Er tastete die ganze Fläche ab, kein Schiff, keine Insel, nur Wellen, Wellen, Wasser. Er verfolgte die weißen Kämme, die vereinzelt entstanden, eine Weile getragen wurden, um langsam zu verlöschen. Er suchte sich eine Welle heraus und verfolgte sie, indem er sich krampfhaft an sie heftete. Aber es waren so viele, und eine sah wie die andere aus. Es war unmöglich. Seine Augen tanzten einmal von ihr fort und schon hatte er sie verloren. Er gab das Spiel bald wieder auf, kontrollierte den Kurs und dann hörte er die langsamen Schritte Charles', die ihm sofort das gelangweilte Gesicht seines Bettgenossen vorzauberten. Die Tür ging auf, sie grüßten sich.

"Alles klar?"

„Alles klar!"

Alan verließ den Raum, sah noch durch das Türfenster zurück

und musste leise, lachen, als er ihn drinnen mit der Klarsichtscheibe spielen sah.

Er ging die Stufen hinunter, und als er auf Deck stand, bemerkte er nur die kleine Katze. Er ging zu ihr, und sie wartete ruhig, bis er auf einen Meter vielleicht heran war, dann, als er sich bückte und den Arm ausstreckte, um sie zu streicheln, bog sie sich geschmeidig zur Seite, lief mit schnellen Pfoten an die Reling und leckte sich dort das Fell. "Kleines Biest," murmelte er und ging an den Luken vorbei nach hinten.

Er trat an die Reling, beugte sich vorsichtig weit nach vorne über, bis er das Gewicht seines Körpers nach beiden Seiten gleichmäßig verteilt hielt, löste langsam die Füße, dann die Hände und balancierte so, nur mit dem Bauch auf dem Eisen liegend, indem er die fast gleichmäßigen Schiffsbewegungen mitmachte. Seine Arme zuckten manchmal zurück, als brauchten sie doch einen Griff, dann knickte er zögernd wieder ein und suchte mit den Fußspitzen den bekannten Halt. Als er sich kraftvoll, ohne die Hände zu benutzen, abdrücken wollte, rutschten seine Schuhe ab, und er stürzte lautlos ins Meer. Er tauchte tief ein. Das Schiff fuhr volle Kraft und als er auftauchte, nur für den Augenblick eines Atemzuges, war er schon mehr als hundert oder zweihundert Meter hinter dem immer kleiner werdenden Schiff. Ihn erfassten die Wirbel der Schraube, er schluckte Wasser, ruderte wie besessen mit den Armen und war plötzlich wieder im Licht.

Er keuchte und versuchte, sich entsetzt im Wasser herumwerfend, das Schiff zu entdecken. Es war in seinem Rücken. Bevor er es zu sehen bekam, war es schon so weit fort, dass er nicht einmal mehr seinen Namen hätte lesen können. Ihn ergriff panische Angst, und ein fürchterlicher Schrei entrang sich seinem Mund. Er stand fast im Wasser, seine Arme versuchten in der freien Luft zu winken und schlugen das Wasser. Eine überkommende Welle ließ ihn beinahe ertrinken, und er kämpfte nur um die Luft des nächsten Atemzuges. Als er hochkam, nahm ein einziger Gedanke von ihm Besitz. Die Kleider, du musst die Kleider ausziehen, die Hose, die Schuhe, die Strümpfe. Ausziehen, ausziehen, hämmerte sein Hirn. Er atmete bis ihn ein Schwindel erfasste, ließ sich schnell untergehen, zog die Schuhe aus und die Strümpfe und knöpfte die Hose auf. Seine Arme begannen nach oben zu rudern, und die Hose rutschte ihm bis zu den Füssen, wo sie wie eine Fessel liegen blieb. Sein Herz jagte erneut von Furcht getrieben: Luft, Luft. Die Füße konnten nur gemeinsame Stoßbewegungen ausführen, und er erkannte schon beim zweiten Mal, dass das Heraufholen der Beine ebenso viel Schwung raubte wie er durch den Stoß gewonnen hatte. So ließ er sie schlaff hängen, und nur mit Hilfe der Arme erreichte er die Wasseroberfläche.

Gierig sog er, trank er die Luft, und nun machten seine Beine doch irgendwelche Bewegungen, die ihn an der Oberfläche hielten. Er dachte nur noch daran, seine

Beine zu befreien, aber er befahl sich selbst zuvor so viel Luft zu atmen, bis ihm erneut schwindlig werden würde. Er wusste noch von früher aus den Tauchversuchen mit seinen Schulkameraden, dass man es gleich nach dem Schwindelgefühl am längsten unter Wasser aushielt. Sein Atem ging gezwungen gleichmäßig, bis er etwas ruhiger wurde und seine Beine zu erschlaffen drohten, dann erst füllte er die Lungen schnell hintereinander und ließ sich fallen. Es war ganz leicht, und er kam, nur mit der Unterhose bekleidet nach oben zurück. Ihn packte neues Entsetzen, als er die Hose etwa einen Meter unter sich treiben sah. Das Schiff. Keiner war auf Deck gewesen und Charles? Doch Charles, bitte, bitte, Charles! Er muss mich gesehen haben, sicher hat er mir zugesehen. Ganz sicher. Sie können nur die Maschinen nicht so schnell stoppen. Charles. Charles muss mich gesehen haben. Ich werde winken. Rufen! Nein, nicht rufen. Rufen nützt nichts. Dazu sind sie schon viel zu weit. Aber winken. Ich muss winken. Womit? Die Hand! Nein, ich muss doch schwimmen. Du musst mit einer Hand schwimmen! Aber mit der Hand... Mit einer Hand.. Das sehen sie ja nicht. Mit der Hose! Wo ist die Hose. Ich muss mit der Hose winken. Ich hab' sie doch eben noch gesehen. Unter mir. Unter mir war sie. Er drehte sich, sah in das Wasser und konnte sie, jetzt noch tiefer unter sich erkennen. Die Hose, nein. Die Unterhose und gleich danach: das Taschentuch! Sein gejagter Geist klammerte sich an den Gedanken wie an die Rettung. Mein Taschentuch ist in der Hose. Er war schon untergetaucht, hatte sie erfasst und zog sie mit nach oben. Eine kurze Strecke schwamm er auf dem Rücken, suchte die Taschen, griff in die Seide, die sich saugend um seine Finger legte, holte das Tuch hervor, ließ die Hose achtlos fallen, drehte sich um und blickte nach dem Schiff. Er drehte den Kopf, um es zu sehen, und es war in seinem Rücken. Ihn trug der Kamm einer Welle, und er warf sich herum, indem er ruckartig das Tuch schwang, welches sich vor Nässe immer wieder um seine Hand legte.

Dann musste er die Hand zum Schwimmen benutzen. Der Wellenberg glitt unter ihm dahin, nach vorne zu, und ließ ihn langsam auf seinem Rücken abwärts gleiten. Das Schiff entschwand seinem Blick und er schrie: Charles! Charles! Hört mich doch Hilfe! Hilfe! Hört mich doch, ihr verfluchten Hunde! Oh. Gott! Bei allen Teufeln! Ihr müsst mich doch hören!" Er spürte sein verzerrtes Gesicht, nachdem er das letzte hinausgeschrien hatte, erkannte seine namenlose Angst und machte sich neuen Mut. Sie werden die Maschinen gestoppt haben. Sie werden ein Boot aussetzen und mich holen. Hier kann man doch alles auf dem Wasser erkennen. Sie sind ja noch so nah. Du brauchst nur ab und zu zu winken. Ja, du musst nur winken, dann kommen sie. Sie können mich doch nicht allein lassen. Das können sie nicht. Das ist doch undenkbar, das gibt es einfach nicht. Stell dir doch vor, mitten im Ozean bei schönstem Wetter und einfach weiter fahren. Das gibt es doch nicht. Du musst nur winken, dass sie dich auch sehen, sonst hast du selber schuld. Wenn du nicht winkst finden sie dich nie! Nie gibt es nicht! Nur winken. Immer, wenn du oben bist, musst du winken.

Er spürte den sanften Aufschwung, der von hinten kam, und sein Herz schlug ihm vor Aufregung im Hals. Sowie ich das Schiff sehe, werde ich winken. Er stieg höher und höher und das Schiff lag genau vor ihm. Sein Arm schlug aus dem Wasser, und er sah gar nicht hin, so sehr war er überzeugt. Er schwamm auf der Seite, das eine Ohr in Wasser, und er achtete weniger auf sein Winken als auf das drängende Rauschen in seinem Ohr. Er konnte ohne große Mühe schwimmen, wie mit zwei Armen, und es beruhigte ihn sehr, dass es so unerwartet leicht ging. Ihn trug bereits der dritte Berg, ohne dass er sich nach dem Schiff umgesehen hätte. Die Wellen kommen immer von hinten, dachte er. Ich schwimme direkt auf das Schiff zu. Ich mache ihnen die Arbeit leicht. Sie werden nicht lange zu suchen brauchen. Ich brauche heute auch nicht mehr zu arbeiten. Ich werde mich in die Koje legen dürfen und schlafen, schlafen.

In dem nächsten Tal schwamm er wieder mit beiden Armen. Die linke Hand hielt das Taschentuch umschlossen. Er erwartete den kommenden Aufschwung, und das Schiff war klein und weit weg. Mein Gott! Die linke Hand blieb im Wasser. Das Schiff fährt, es fährt weiter! Großer Gott!

Eine ohnmächtige Leere kam über ihn und schuf dort, wo er eben noch die Hoffnung trug, die Überzeugung, ein unendliches Nichts. Von jeden Buckel, der ihn langsam in die Höhe hob, ließ er seine Blicke nach dem davoneilenden Schiff gleiten. Seine Augen waren so mit Traurigkeit, mit Mutlosigkeit gefüllt, so willenlos waren seine Schwimmbewegungen, dass sich sein Ich von ihm entfernte und ihn in Zeitlosigkeit zurückließ. Er trieb im Wasser, hielt die Augen geradeaus, sah eine Wand, sah einen Punkt, sah eine grüne Ewigkeit, sah hoffnungslose Vergangenheit. Das Unentrinnbare umklammerte sein Herz, ließ es Stein werden, kalt, eiskalt, und er schmeckte nicht mehr das Salz des Meeres.

Sein Körper war eine ausgespülte Höhle, in welche die Brandung schlug und nur den hohlen Klang erzeugte, nur das Nichts wie einen Gong berührte. Dort lebte sein Feind. Das Allein, die Einsamkeit, saß ihm in Nacken, hielt seinen Hals umklammert, schlug ihm schwer auf den Kopf, drückte ihn nach unten, wollte ihn töten, vernichten, seines Ich berauben. Seines Ich, das ihn liebte, lieben musste, schützte, schützen musste. Sein Gegner war die Leere des Meeres, die allzu große Weite, die flüsternde Stimme, der schmeichelnde Klang.

Du kannst ja deinen Schlaf bekommen, du kannst ja alles bekommen, alles was du dir wünschst! Kannst du jetzt eine Frau begehren? Kannst du Schönheit, Liebe begehren? Kannst du etwas anderes verlangen außer Ruhe, sanftem Getragen sein, dem ewigen Schweigen? Der Tod ist doch süß. Das ganze Leben war bitter und nun bietet es dir den Lohn an. Das ist süßer Lohn! Nimm ihn dir, berühr mich, leg dich in meine Arme. Du wirst dich vergessen, alles lieben und nichts begehren. Kannst du dir Schöneres wünschen? Gibt es Besseres? Nur deine Arme. Gib mir deine Hand. Es geht leicht, und du kennst alles genau. Du wirst keine Furcht haben, keine Angst. Bin ich nicht das, was du suchst? Bist du nicht ich? Hindert dich nicht nur dein armseliger Körper, diese lächerliche leere Höhle? Mach dich doch frei. Sei groß, sei ewig. Nimm, nimm das Angebot. Greif zu. Jedem Leben wird nur eine Chance gegeben, alles andere ist Zwang. Dies ist deine Chance. Nur einen Satz brauchst du zu denken: nicht mehr sein! Sieh, wieg' ich dich nicht schon in meinen Versprechen? Die Wellen sind meine Boten, meine Diener, deine Träger, dein Verlangen. Sie schaukeln dich, damit du mir glaubst, damit du siehst, dass ich dich wirklich liebe. Ich bin doch dein Ich! Ich spreche wahr! Komm, komm.. Zweifelst du noch? Du traust mir noch nicht? Hängst du etwa an der Verzweiflung, an dem, der dir die Kehle schnürt? Komm zu mir, und er lässt dich frei. Wozu glaubst du denn, bin ich geschaffen. Für euch! Für dich! Nur für dich. Zu deinem Guten. Alles ist zu eurem Leiden bestimmt, nur ich bin das wahrhaftig Gute. Ich bringe das Licht! Ich biete mich dir an und du zweifelst, zweifelst wirklich. Sieh, wenn du mich rufst, komm' ich nicht. Wenn ich komme, rufst du mich nicht. Nur einmal komme ich, wenn du mich nicht gerufen hast, aber mich brauchst. Ich komme freiwillig, weil du mich vergessen hast, weil du nicht weißt um die Wärme, die von mir ausgeht, weil du nicht weißt um die Geborgenheit, die du in mir findest. Vertrau dich den Boten an. Lass einen Augenblick nur dir befehlen, ach, lass sie einen Augenblick dich lenken.

Komm, komm...

Seine Beine wurden schwerer, seine Arme langsamer, und er stand auf der Schwelle. Er taumelte nach vorn, fing sich nach hinten, schwankte, schwankte und ging zurück, fort von dem Schmeichelnden.

Das Schiff war kaum noch sichtbar. Er spürte den stärker werdenden Griff am Hals wie er ihn als Kind empfunden hatte, wenn er weinen wollte, aber sich zwang, die Tränen zurückzuhalten. Mein Feind, mein Tod. Es ist nicht das Wasser, vor dem ich mich fürchte. Das Wasser ist nicht mein Tod, sondern unser beider Diener. Es trägt mich, ist friedlich und wartet auf meine Schwäche, um mich fallen zu lassen. Mein Feind sitzt mir im Nacken und wenn ich auf dem Rücken schwimm, hockt er sich auf meine Brust. Nein, lieber im Nacken als auf der Brust, und er tauchte tiefer unter Wasser nur weil er die Umspülung wie einen Schutz fühlen wollte.

Wieder weitete sich der Horizont. Das Schiff, ein Punkt nur noch, an den er sich klammerte. Verlass mich nicht, bat er. Bleibe dort, wo du jetzt bist. Mehr verlang ich ja nicht. Warte dort, ich schaffe es zu dir. Ganz leicht schaffe ich es, du musst nur warten. Solange ich dich sehe, gebe ich nicht auf.

Wenn ich nur immer vor den Wellen schwimme, bist du gar nicht zu verfehlen. Ich schwimm direkt auf dich zu!

Ich darf mich nicht umdrehen dachte er plötzlich, Hinter mir ist alles leer. Hinter mir ist das Nichts. Ich darf nicht auf dem Rücken schwimmen, sonst seh ich das Nichts. Nur zum Schiff darf ich blicken, nicht nach hinten. Aber er lockt mich so sehr.

Vielleicht ist ein anderes Schiff in deinem Rücken.

Nein hinter mir sitzt Er!

Hinter dir ist ein Schiff.

Ist es ein Schiff oder das Nichts.

Soll ich mich umdrehen? Vielleicht ein Schiff? Sein Herz begann zu jagen, und eine gewaltige Kraft zerrte an seinem Kopf, der von dem Punkt am Horizont nach vorn' gerichtet war. Es ist etwas in meinem Rücken! Wer ist es, was ist es!

Für den Bruchteil einer Sekunde durchlebte er den Gang des Odysseus durch die Unterwelt, und er hörte eine leise Stimme. Dann von vorne: mach dich nicht verrückt, verschon dich doch vor diesem wahnsinnigen Spiel. Alles ist Einbildung. Dort ist das Schiff, das siehst du, und hinter dir ist nichts. Nichts als Wellen und Himmel. Und er hörte die leise Stimme hinter sich. Er konnte nicht mehr und sein Kopf flog herum und ihm war als eile ein Schatten davon. Er sah wie der nächste Berg auf ihn zu kam, hoch und erdrückend.

Er schien ihn töten, überrollen zu wollen, wie ein aufsässiger Diener und hob ihn dennoch auf den Kamm, wo er durch die weite Öde nicht einmal mehr erschreckt wurde.

Was hast du denn erwartet? Ein Rettungsboot vielleicht? Ein Schiff? Dummkopf! Lässt du dich von ihm narren? Merkst du nicht, wie er auf deiner Brust sitzt, wie er dir an der Kehle sitzt, wie er von vorne ruft? Vom Schiff her? Er ruft! Er ruft von unten, von vorne. Er ruft von dort, wo du ihn nicht sehen kannst. Er will, dass du ihm nachhetzt, dass du ihn suchst. Er will, dass du dich umdrehst, ihn hier findest und dort und dort und dort, bis du ihn unter dir suchst, und das ist deine Schwäche. Die Wellen lassen dich fallen, deine Diener verraten dich. Verschließe deine Ohren! Denke nichts mehr. Sieh nur das Schiff da vorn auf dich warten und schwimm hin. Immer vor den Wellen. Nur schwimmen, nichts denken, nur schwimmen. Und das Taschentuch? Meine Hand ist schon ganz verkrampft. Jeden Muskel musst du lockern und lösen. Du musst so entspannt wie möglich schwimmen, ganz leicht, wie vorhin, als du auf der Seite lagst. Nur das Wasser hörtest du brausen oder war es mein Blut? Steck das Tuch in die Hose, aber achte, dass du es nicht verlieren kannst.

Er lag auf dem Rücken. Halb unter das Gummiband seiner Unterhose steckte er das Tuch, dass es festgeklemmt war.

Dann blickte er auf die Uhr. Ohne festzustellen wie spät es

war, folgte er nur dem Sekundenzeiger, der sich wie zu jeder anderen Stunde drehte und drehte. Der Mensch ist nie verlassen, und wenn es nur das Leben einer Uhr ist, das mit uns ist. Er liebte das kleine Wunderwerk, das sorglos wie ein Kind zu spielen schien. Er dachte, der Sekundenzeiger ist das Kind. Ein Kind voll Vertrauen, Es hat nichts weiter als seine Spiele, und die sind seine Zeit. Die großen Zeiger werden wohl die Eltern sein. Sie sind auch zufrieden und viel ruhiger. Sie achten nur auf ihr Kind. Das ist ihre Welt. Eine gefahrlose, eine angstlose Welt. Ach, ich liebe euch alle drei. Und mir habt ihr euch anvertraut. Das war dumm. Ich kann für nichts mehr gerade stehen. Aber es freut mich, wenn ihr euch sicher fühlt bei mir. Ihr seht mich nicht einmal an, so sehr seid ihr von mir überzeugt. Das ist gut. Ich werde euch nicht enttäuschen. Euer Vertrauen verpflichtet doch. Sein Körper entspannte sich so gut es ging.

Er schwamm mit beiden Armen und stellte dann erst fest wie spät es war. Nach seiner Rechnung schwamm er etwa eine halbe Stunde. Mein Gott. Wir lange soll ich das aushalten. Es ist wirklich sinnlos. Wie soll hier je ein anderes Schiff herkommen. Innerhalb fünf Wochen oder Monaten fährt vielleicht eines vorbei. Wahrscheinlich war unseres das erste, das diese Stelle passiert hat. Es ist so sinnlos noch zu schwimmen. Warum lässt du dich nicht fallen. Hab ich überhaupt noch eine Chance? Ich werde einmal alle günstigen Möglichkeiten durchdenken. Die günstigste wäre, dass man mein Fehlen an Bord bemerkt hat, nach mir sucht und umkehrt. Vielleicht ginge es auch noch, wenn sie mich um fünf vermissten oder sagen wir halb sechs, denn später als in einer Stunde kehren die nicht mehr um, weil sie mich bestimmt verfehlen. Ach was, ich rede schon wieder irre. Wer sollte wohl darauf kommen, mich vor acht Uhr zu suchen. Kein Mensch. Wenn ich nicht beim Frühstück erscheine, kümmert sich auch niemand darum. Wäscht sich wahrscheinlich oder etwas ähnliches werden sie denken und es nicht laut erwähnen. Ich sage dir, die fahren weiter. Und sollten sie es schließlich merken, ach, unter Umständen erfährt Charles es erst heute Abend, und bis dahin…

Wenn das die günstigste Möglichkeit ist, habe ich so gut wie keine Chance. Aber vielleicht kommt ein anderer Kahn vorbei. Vielleicht! Ja. Ich hoffe, dass ein anderer Kahn vorbei kommt. Zufällig. Es gibt die größten Zufälle! Nichts spricht gegen einen Zufall. Meine Chancen steigen wieder. Ersten kann mein Kahn zurückkommen, und zweitens ein anderer vorbeikommen. Was gibt es noch? Ich muss überlegen. Ob einer an Bord etwas von mir wollte? Der Käpt'n oder irgendeiner? Nein, die wissen alle, dass ich Wache hatte, und wer nach der Wache schläft, wird nicht gestört. Wenn ich wenigstens auf etwas Schwimmendes stoßen würde, einen Balken, eine Bohle. Ich könnte die Arme ausruhen. Auf jedem Berg muss ich Ausschau halten nach einen Stück Holz, einer Kiste oder einem Fass.

Manchmal wirft man so etwas über Bord. Dann werde ich

meine Arme ausruhen. Als er daran dachte, die Arme nicht zu bewegen, fiel ihm ein, dass er einen Krampf bekommen könnte. Ein Krampf im Arm ist nicht schlimm, aber einer im Bein lässt dich untergehen. Hol dich der Satan! Meinst du etwa, ich schufte mich hier ab, um mit einem Krampf zu ersaufen? Ich brauche das Bein nur gerade zu machen und die Zehen nach der Nase zu biegen, wenn er kommt. Ganz stark, und das Knie ausgestreckt halten. Ich muss mit einem Bein schwimmen können. Er schwamm auf dem Bauch und hielt einfach ein Bein steif. Also, das geht nicht. Ich muss mich umdrehen. Jetzt war das Linke steif, und es ging nicht so schnell unter wie vorher, als er anders herum geschwommen war.

Ich muss oben bleiben. Wieder wollte er nur mit einem Bein paddeln, aber das andere machte, steif wie es war, einfach Schwungbewegungen noch außen und nach innen. Er sah beide Beine in gleicher Haltung und die gleichen Bewegungen machen. Es hält mich über Wasser, obwohl es sehr anstrengt. Oberhalb der Schenkel entstand ein Schmerz, der beide Beine gleichermaßen ergriff. Als er zu stark wurde, drehte er sich herum und schwamm normal weiter. Zwar halt ich's nur kurze Zeit aus, aber ein Krampf dauert ja auch nicht ewig. Der Schmerz klang langsam ab und kam nur zurück, wenn er die Beine zu sehr anstrengte, manchmal, wenn er sie zu weit ausschwang.

Bei jedem der Berge versuchte er, soviel Wasser wie nur möglich abzusuchen, aber nichts Schwimmendes war zu entdecken. Du bist ein Feigling, sagte er plötzlich laut zu sich. Ein großer Feigling. Du versteckst deine Gedanken vor dir selber. Warum schimpfst du dich nicht aus. Warum schreist du dich nicht. Warum sagst du dir nicht selber, das du alles treu und brav verdient hast! Treu und brav mit deiner Dummheit verdient hast. Warum verfluchst du dich nicht! Warum bist du noch nicht ersoffen, Feigling? Ersauf doch, lass dich doch unter Wasser ziehen. Meinst du eine Dummheit, wie du sie auf der Reling vollbracht hast, ist es wert, dass du auch nur eine Minute über Wasser bleibst? Er spürte sein Gesicht heiß werden. Ja, werde nur rot. Schlag dich nur mit dem Wasser!

Arme und Beine wurden langsamer. Nur das erste hatte er laut gesagt, das andere schrie ihm sein Innerstes zu, und er schämte sich um so mehr. Seine Wangen glühten, es brannten ihm die Augen, und das kam nicht vom Salzwasser. Dann gewahrte er sein langsames Untersinken und mit jeher Heftigkeit bewegten sich Arme und Beine von Neuem. Im selben Augenblick schrie er heraus, und seine Arme trommelten es auf das Wasser: Ich will! Ich will leben! Leben! Ich will leben! Ich will! Wasser schlug ihm in den Mund und in die Lunge. Er hustete, schluckte und keuchte. Seine Augen traten hervor, und nur mühsam, bei den wildesten Bewegungen seiner Hände, die mehr in die Luft griffen als in das Wasser, kam er wieder zu sich.

Das darfst du nicht wieder tun, darauf wartet er nur. Bleibe ruhig, ganz ruhig. Denk an andere Dinge, an Bäume, an Frauen, denk an Sydney. Er dachte an die große Dummheit. Dann wieder, ich bin dir nicht mehr böse, nur, wenn ich mir vorstelle, wo ich jetzt bin und wie lange ich noch hier bin, während ich in der Koje schlafen könnte, wird mir elend. Nein, nicht daran denken. Ein tausendfacher Feigling will ich sein, wenn ich nur wieder herauskomme. Ich will hier wieder raus! Tränen drängten sich in die Augen. Ich will aber nicht weinen. Und ich bin kein Feigling, auch wenn ich weine. Ich kann nicht mehr! Ich kann nicht mehr! Unaufhaltsam flossen die Tränen. Er rief seine Mutter und nur ihr Name war da. Ihren Namen zu sprechen und dabei weinen zu dürfen, war ihm ein unendlicher Trost. Noch einmal flüsterte er das geheimnisvolle Wort, dann versiegten die Tränen, und er war so sehr erleichtert. Die Gedanken an die Dummheit waren fort und auch daran, dass er, er der kleine Mensch, in diesem Meer, in diesen All der Verlorenheit sein bisschen Leben zu retten suchte.

Der Gedanke an seine Mutter zauberte die Erinnerung, und er glaubte ihr Streicheln zu fühlen. Ihre Hand glitt über sein Haar und über die Wange und wieder und wieder, und sein Kopf lag in ihrem Schoß. Einmal sah er ihr Gesicht, gütig, jung und lächelnd, sonst waren nur ihre Liebkosungen. Sie tröstete ihr Kind mit so viel Liebe wie es ihr wohl nie in Leben gelungen war. Ihre Ruhe ging auf ihn über, und er schwamm und schwamm und schwamm. Gleichmäßig waren seine Züge und sein Atem, und er schämte sich nicht geweint zu haben.

Das Schiff war am Horizont verschwunden. Als er das bemerkte, dachte er, ich schere mich herzlich wenig um meine Chancen. Ich schwimme immer vor den Wellen her. Genau vor den Wellen, damit ich hinter unserem Schiff bleib. Ich will ruhig bleiben und abwarten was geschieht. Schwimmen werde ich und mich nicht um den kümmern, der mir im Nacken hockt. Mag er quälen, so viel er will. Er wandte den Kopf etwas seitlich und sah eine leere aber verkorkte Flasche. Sie trug kein Schild mehr, und auch ihr Inneres war ohne Zettel. Sie schlug im Wasser hin und her, und er hatte kein Interesse an ihr. An ihrem langen Bleiben stellte er nur fest, das ihn seine Schwimmbemühungen so gut wie gar nicht vorwärts brachten. Umso besser. Desto weniger kann ich mich von meinem Platz entfernen.

Es verwunderte ihn dass er die Flasche nun erst zu Gesicht bekommen hatte, da sie kaum zwei Meter von ihm entfernt war. Wir beide haben ein Geheimnis, und sie wurde ihm doch ein wenig lieb. Du hast mich getroffen und ich dich. Du bist so allein wie ich. Nein, du bist ja viel einsamer als ich. Sieh mal, ich kann mich mit mir unterhalten und du nicht. Ich habe meine Uhr, und dann liegt mir noch etwas daran wieder herauszukommen und dir nicht. Ihr weißbrauner Korken hüpfte im Wasser, als er mit der Hand kleine Wellen machte, so als zucke sie bedauernd die Schultern. Du glaubst doch nicht, dass du es besser hast als ich, redete er sie wieder an.

Ich habe zwar so gut wie keine Chance, aber immerhin die Gewissheit noch zu leben, während du eine Chance hast nicht unterzugehen aber keine Hoffnung je zu leben. Sage selbst, was mehr wert ist: eine Chance ohne Gewissheit zu leben, oder eine Gewissheit ohne Chance zu leben. Du kannst das natürlich nicht erkennen. Schwimm weiter meine liebe, gute Flasche, vielleicht verbirgt sich in dir ein Geist, der über ungeahnte Kräfte verfügt. Wer weiß? Mir fehlen nur die Mittel dich zu öffnen.

Langsam trennten sie sich voneinander. Sie blieb zurück und er sah sich nicht mehr nach ihr um. Es ist schwer, keine Flasche zu sein. Bin ich doch selbst eine. Ich schaukle auf den Wellen und wackle mit dem Kopf wie sie, rede dummes Zeug während sie schweigt. Ja sie hat es besser, weil sie keine Angst hat. Ihr hockt keiner im Nacken, um sie hinunter zu drücken. Ihr Korken ist dicht. Und wenn sie untergeht, was macht es ihr schon aus! Was macht ihr schon aus, ob ein Schiff vorbeifährt oder fortfährt. Sie wackelt nur mit dem Kopf. Sie wackelt nur, wackelt, wackelt.. Zum Teufel mit der Flasche! Hoffentlich säuft sie ab! Ich wünsche ihr, dass sie absäuft und nie wieder hochkommt. Alle sollen absaufen, alle, alle, alle!

...Charles auch? Und Gerd und der Zimmermann und deine Mutter? Deine Mutter auch? Soll deine Mutter auch ersaufen, nur weil eine Flasche mit dem Kopf wackelt? Nur weil ein Flaschenkopf so bedenklich wackelt? Nur weil du genau weißt, dass du lieber ein Leben ohne Chance aber in Gewissheit lebst? Nur weil du wütend bist, dass dich das Schicksal vorher nicht gefragt hat? Nur deshalb willst du die Welt zerschmettern? Oh du Ärmster!

Warum lebst du denn dann noch! Warum hast du dich nicht getötet als es noch Zeit war? He? Warum willst du weiterleben, Rechte fordern, wenn du die einzige Verpflichtung nicht wahr haben willst? Die einzige Bedingung, dich vom Schicksal führen zu lassen, he? Sprich doch! Antworte doch! Sogar deine Mutter willst du töten! Nein! Das habe ich nicht gesagt! Meine Mutter nicht! Nein, meine Mutter nicht! Charles auch nicht und die anderen? Nein, keinen will ich töten! Ach, was soll ich denn tun! Ich kann nicht weiter. Ich kann doch nicht immerzu geradeaus schwimmen. Immerzu und immerzu. Nur geradeaus!

Ich werde wahnsinnig, wenn ich immerzu die Berge vor mir sehe. Immerzu die gleichen Berge. Einer wie der andere, alle sind gleich. Warum kommen die Wellen nicht von der Seite, ganz einfach von der Seite. Sie sollen von der Seite kommen. Ich will, dass sie von der Seite kommen! Dreh' dich doch um! Schwimm doch ein Stück zur Seite. Nur ein paar Minuten. Du hast doch eine Uhr. Schwimm vier Minuten 'rauf und vier Minuten runter. Oder schwimm zurück. Zurück?! Zurück soll ich schwimmen? Nie! Zurück darf ich nicht. Das Schiff! Wenn das Schiff kommt, und ich schwimme zurück, fährt es vorbei, findet mich nicht. Ich darf nicht zurück schwimmen und auch nicht zur Seite! Nur geradeaus, nur geradeaus darf ich schwimmen. Immer weiter, immer weiter. Und er hörte wieder die Stimme rufen: Komm', komm'. Hier bin ich. Seitwärts! Komm doch. Schwimm seitwärts. Hier bin ich, hinter dir. Schwimm zurück, und die Wellen werden von vorne kommen. Du siehst sie kommen und nicht mehr enteilen! Sie kommen näher und näher, heben dich, tragen dich. Es ist viel leichter. Schwimm zurück! Es flüsterte ihm ganz nah am Ohr, und es drückte ihn hinab. Nein! Er warf sich herum und schwamm genau gegen die Wellen. Es war ein befreiendes Gefühl.

Das Wasser stand in seinen Diensten, hob ihn, schien ihm unter die Arme zu greifen. Er beobachtete die Berge, und als er fünfzehn gezählt hatte, drehte er sich wieder um und hörte keinen Rufer mehr. Ohne es zu wollen zählte er weiter. Er zählte die Wellen, die von hinten kamen, und bei neunzehn sagte er immer wieder dreizehn als nächste Zahl, bis er den Fehler bemerkte und sich das Zählen verbot. Hör auf, das macht dich wild. Und er zählte. Hör auf, sagte er, als er schon wieder bei fünf war. Und er musste weiter zählen. Bei neunzehn blieb er stecken und dann schwamm er auf dem Rücken und dachte an etwas anderes. Über ihm war der schweigende Himmel, und nichts weiter war zu sehen als die unendliche Tiefe des Raumes. Haltlos, nicht eine Wolkenfahne. Wer in den Himmel fällt, fällt in einen tiefen Schacht, in einen tiefen See, nein, der fällt ins Meer. Alles ist Meer, sogar der Himmel. Nicht einmal an eine Wolke können sich meine Augen klammern. Früher, als ich noch klein war, konnte ich mich mit den Wolken unterhalten. Sie waren meine Freunde, meine Verbündeten. Ihnen erzählte ich, was niemand hören sollte. Später habe ich sie vergessen, völlig vergessen. Und nun lassen sie mich im Stich, nun, wo ich sie wirklich brauche.

Das Schwimmen strengte nicht sehr an. Er achtete einzig darauf, direkt vor den Wellen zu sein. Dann blickte er auf die Uhr, um zu sehen wie lange er schon schwamm. Es war halb sechs. Ich muss mir überlegen, wie lange ich das noch aushalten kann. Noch mindestens drei Stunden. Das ist ja doppelt so viel wie bisher! Das ist zu viel! Zu viel heißt aufgeben! Diese eineinhalb Stunden waren ein Beginn. Wenn du nicht mehr schwimmen kannst, wenn du dich nur noch über Wasser hältst, nur so viel, dass du Luft holen kannst, dann darfst du daran denken, es nicht mehr zu schaffen, dann beginnt die Anstrengung.

Er lag auf den Rücken und es arbeiteten nur seine Beine. Einmal schwang er sie zu weit aus und spürte beim Zusammendrücken den Schmerz oberhalb der Schenkel. Du musst dich vorsehen. Es dauerte eine Weile bis sich die Klammer lockerte und den Beinen ihre Freiheit wiedergab. Er träumte von einer Möwe wie sie über ihm segeln würde, und in Gedanken war er die Möwe, von den Wellen, dem Wind auf und ab geschwungen, getragen. Weit streifte sein Blick in den Horizont und hinauf in die Bläue des Himmels. Er zuckte zurück auf die einzelnen Wellenkämme wie vorhin von der

Brücke aus, blieb an einem weißen Kamm haften, versuchte den Ausgewählten zu verfolgen, sprang auf den nächsten und zurück, und wieder war alles verloren. Woher sollte auch eine Möwe kommen? Wenn Land in der Nähe wäre, aber so? Wo sollte eine Wolke herkommen? Eine Wolke, eine Möwe als Henkersmahlzeit. Henkersmahlzeit? Bist du denn verloren? Gibst du dich denn verloren? Ich bin verurteilt, aber wann muss ich sterben? Ein Todeskandidat. Welcher Todeskandidat lässt sich die Hoffnung rauben? Wenn ich meine Hoffnung nur begründen könnte. Ich hoffe auf den Zufall! Ja, ich hoffe ganz einfach auf einen glücklichen Zufall! Da darfst nur die Ruhe nicht verlieren. Ich finde es auch ganz in Ordnung, dass ich weiterschwimme, obwohl es aussichtslos ist. Solange ich nicht sterben will, habe ich eine Möglichkeit. Wenn ich sage, ich will nicht sterben, enthält es doch viel mehr Widerstand, als wenn ich sage, ich will leben, und ich habe eben gesagt, dass ich nicht sterben will. Wenn ich sterbe, liegt das einzig an meiner Schwäche, daran, dass ich nicht mehr will. Noch befiehlt mein Wille der Zeit.

Eins, zwei, drei, vier... Er hatte sich herumgedreht und zählte die Wellen. Du wolltest doch nicht mehr zählen, und während er mit sich schalt, zählte er weiter. Fünf, sechs, sieben. Ihn machte das lange Warten auf die Nächste so wild. Hör jetzt auf zu zählen. Acht, neun. War Neun schon vorbei oder nicht. Ich weiß es nicht. Da kommt sie. Also, neun. Ich bitte dich hör' auf. Lass sie laufen. Denke nur daran, wie sie dich schaukeln.

Zehn. Ich werde verrückt. Bitte, du brauchst nur an etwas anderes zu denken Es gibt tausend andere Dinge. Elf! Also, gut, wenn du unbedingt zählen willst. Meinetwegen. Zähl. Zähl immer weiter, immer weiter. Zähle, bis du wahnsinnig bist. Nach zwölf kommt dreizehn, vierzehn, fünfzehn, sechzehn, siebzehn, achtzehn, neunzehn. Ihn hob die nächste Welle. Zähl doch! Warum zählst du nicht! Ich lass dir ja deine Freiheit. Zähl doch immer fort. Ach, dich stört wohl das Warten? Das Warten auf die Nächste? Ja, warte nur und verzähl dich recht oft. Nach neunzehn kommt dreizehn, nach neunzehn kommt dreizehn. Armer Kerl! Du musst bis fünfzig zählen, das befehl ich dir! Du bist verloren, wenn du es nicht schaffst. Bis fünfzig! Aber du kannst nur bis neunzehn. Habe ich neunzehn gehabt oder war es dreizehn? Teufel, hör doch auf zu zählen! Er schrie den Satz übers Wasser und seine Stimme war so verloren. Obwohl seine Gedanken rasten, wagte er doch keinen weiteren Ton, aus Furcht vor dem einsamen Klang seiner Worte. Nicht einmal zu flüstern wagte er, so sehr umschlang ihn die Verlorenheit. Ihn würgte das Verlangen zu weinen, aber er dachte daran, dass er bis fünfzig zählen musste und erst bei neunzehn, war.

Er dachte an früher, als er noch in der Lehre war. Morgens und abends hatte er genau sechsundsechzig Stufen 'rauf und 'runter zu laufen, zum Umkleideraum, wo sein Schrank stand. Und er musste immer zählen. Die erste Treppe hatte sechs Stufen, die zweite elf, die dritte auch elf, dann dreizehn, zwölf und wieder dreizehn. Und immer verzählte er sich, immer kam nach neunzehn dreizehn. Richtig zählte er nur, wenn er ganz langsam hinauf ging, und dazu hatte man selten Gelegenheit. Und wenn er auf der Straße ging, einer gepflasterten Straße, zählte er die Steine bis zur nächsten Unterbrechung, einer Auffahrt oder dem Straßenende oder einer zerbrochenen Platte. Danach fing er wieder von vorne an. Auch durfte er nie auf die Spalte treten, die zwischen den Steinen waren. Warum er wohl zählen musste. Und nach neunzehn kam dreizehn. Ihm fiel vieles wieder ein, und während er sich darauf besann, brauchte er nicht zu zählen.

Er schwamm mit dem Gesicht zur Seite gewandt, das eine Ohr im Wasser. Er überhörte das dumpfe Brausen, welches von unten zu kommen schien und achtete nur auf die längst vergessenen Menschengesichter, die ihm seine Erinnerung vorführte, mit denen ihn gemeinsame Erlebnisse und jahrelanges Beisammensein verbanden. Über ein Jahrzehnt hatte er nicht ein einziges Mal an sie gedacht Sie kamen und gingen. Seine Freunde und andere, mit denen er sich nie gut verstanden hatte. Gesichter tauchten auf, die er beizeiten, als sie noch täglich um ihn waren, nicht beachtet hatte. Bilder aus seinen Kindertagen. Schulkameraden, Lehrer und die Mädchengesichter aus der Zeit, in der er langsam zu erwachen begonnen hatte. Mädchengesichter in denen sich eine ganze Welt verborgen hatte, eine Welt, deren Zugang er so lange Jahre vergeblich suchte.

Sie kamen und gingen, und alle hatten etwas Gemeinsames. Er ahnte es und durchforschte die Gesichter, das Bestimmte zu erkennen. Warum kommt ihr alle? Warum gerade jetzt? Eine Weile war er überzeugt, dass sie erschienen wären, um ihn zu trösten, wie vorhin seine Mutter, als er seinen Kopf in ihrem Schoß bergen durfte. Sie wollen mir Trost sprechen, dass ich mich nicht von ihm da unterkriegen lasse, und er meinte den im Rücken, der ihn hinunter drücken wollte, der ihn umflüsterte und rief. Ihr wollt mir die Einsamkeit vertreiben. Es kamen neue Gesichter hinzu, und er kannte sie alle. Sie kamen wieder und wieder, und alle trugen das Zeichen, welches er nun zu kennen glaubte. Wenn ihr mich trösten wollt, dann sagt mir doch ein liebes Wort, und er sah in die schönen Mädchengesichter. Aber wie kann ich das von euch erwarten, die ihr ja nie erfahren habt, wie sehr ich euch liebte, und von euch, er sah andere, um deren Freundschaft er sich nie bemüht hatte, ja, denen er ausgewichen war, und die ihn nun gleichermaßen besuchten. Er zweifelte an ihrem Auftrag. Nein, sie sollten etwas anderes. Irgendwie ahnte er auch, was es war. Diese Blicke, die ihn trafen, in denen er ein entschuldigendes, ja zurückziehendes Lächeln, ein gewisses Achselzucken las, trugen die ganze Wahrheit seiner Situation. Als er wieder die langsam davon rollenden Wellen beobachtete, verließen ihn die Bilder.

Er blickte in das grüne Wasser, das weiter weg dunkler zu werden schien, und auf seine Arme, wie sie gleich Maschinen einem ununterbrochenen Rhythmus gehorchten. Seine Arme waren weiß, und er musste an die Möwe denken, in die er sich vorhin gewünscht hatte. Aber ich will nicht solchem Spuk nachhängen, ich muss an etwas anderes denken. Was wohl die Gesichter wollten? Ach, du hast zu sehr an die alte Zeit gedacht, wegen deiner Mutter und der Treppen vielleicht. Seine weißen Arme bewegten sich wirklich wie die Flügel einer Möwe. Ich habe nicht verstanden, was sie von mir wollten. Es ist alles verrückt! Weiße Flügel und Gesichter und neunzehn und dreizehn, mit den Wellen und gegen die Wellen. Du machst dich irre! Und die Flasche. Hat es die Flasche gegeben? Vielleicht habe ich sie mir nur eingebildet wie den im Rücken. Nein! Der im Rücken ist wahr. Er ist die einzige Wahrheit, die es für mich gibt! Flügel. Weiße Armflügel. Weiße Flügelarme. Er hat ja gesagt, ich brauche nur nichts zu tun! Loslassen, fallen lassen. Nichts weiter.

Sein Kopf lag auf der Seite, er hörte das Brausen in dem Ohr, er sah Gesichter, und er sah einen seiner Flügel. Möwe, Gesichter, Schwingen, Schwung. Er kam etwas aus dem Wasser und glitt ganz leicht wieder hinein. Er flog über sich. Vielleicht drei Meter über sich, vielleicht tausend Meter über sich. Nur fallen lassen! Einfach loslassen. Seine Schwingen bewegten sich ohne Anstrengung. Schweben lassen! Lautlos trug ihn der Wind. Schwunglos sank er tiefer. Ein roter Schnabel. Wellen waren Wind und Wasser. Der rote Schnabel schlitzte das Meer. Er segelte, trieb im Wasser, über dem Wasser. Tausend Meter unter sich? Die Schwingen hingen leicht herab, und tief unten trug es ihn noch. War es nicht ganz leicht zu sterben? Er schwebte doch immer noch, eine Möwe tief unter sich. Sie hat dir die Schwingen gegeben, damit du leichter gleitest, weiße Schwingen, die dich tragen. Du bist doch schon oft gestorben, früher. Wie oft bist du in einen endlosen See gefallen, von einem endlos hohen Turm in einen endlos tiefen Schacht. Oder war es Traum? Es ist so leicht. Du sinkst, aber er wiegt dich, dein Tod. Dich wiegt die Möwe. Du gleitest auf Schwingen, auf den weißen Flügeln, auf den weißen Flügelarmen, auf den Armen!

Er riss die Augen auf. Seine Arme bewegte ein rhythmischer Atem. Meine Arme! Meine guten Hände! Verlasst mich nicht! Lasst mich nicht im Stich!

Oh! Nun erst erschrak er heftig. Deshalb seid ihr zu mir gekommen! Ihr alle, alle! Ihr wollt Abschied machen. Ja, ihr wollt von mir Abschied machen. Ihr gebt mich wohl auf? Ihr denkt ich bin verloren? Denkt ihr das? Er sah keine Gesichter mehr. Dann lasst euch von mir sagen, dass ich noch lange nicht verloren bin. Noch lange nicht! Er hatte blaue Lippen, das wusste er, weil seine Hände blauweiß waren. Auch war ihre Haut faltig, was er manchmal fühlen konnte. Und wenn ich am ganzen Körper blau bin, fertig bin ich noch lange nicht! Jetzt fange ich an! Jetzt erst. Er hatte kein lautes Wort gesagt, aber seine Bewegungen wurden energischer, wenn er auch gleich einsah, dass das nicht viel zu seiner Rettung beitragen konnte. Er war keiner besonderen Anstrengung mehr gewachsen.

Die Angst hielt ihn über Wasser und zog ihn nach unten. Die Verzweiflung zwang ihn zur Bewegung seiner Arme und Beine, wenngleich er damit kämpfte, sie bewegungslos hängen zu lassen und sich dem Tode zu ergeben. Er wollte wieder auf dem Rücken schwimmen, wagte es aber nicht, aus Furcht sein Rücken habe nicht die Kraft sich zu strecken, denn er schwamm nicht parallel zur Oberfläche, wie man schwimmt, um ein Ziel zu erreichen, sondern die Bewegungen seiner Beine waren so kraftlos, auch wegen der Gefahr, dass er sie zu sehr anstrengen und dann den Schmerz im Oberschenkel haben würde, dass er mehr im Wasser stand als lag. Es galt ja nur sich zu halten und die Wellen genau von hinten nach vorne laufen zu lassen.

Mein Gott, schick mir Rettung, dachte er, und wie ein Kind, ich will auch immer an dich glauben. Immer, immer, solange ich lebe. Rette mich, nur diesen eine Mal. Erbarme dich!

Ja, er dachte wirklich an Erbarmen, obwohl er keine rechte Vorstellung davon hatte, aber es schien ihm als einziges Wort seiner Begriffswelt in der Lage zu sein, seine Ohnmacht, sein Ausgeliefertsein, seine völlige Hilflosigkeit zu umfassen und sein ganzes verkümmertes Ich, die Verantwortung, die er für sich empfand, seinen Willen und seine Hoffnung zum Leben in die Hände eines Allmächtigen zu legen. Für Sekunden flößte ihm das Wort die absolute Gewissheit seiner Rettung ein. Er trank sie gierig und wäre vielleicht zu gewissem, höherem Dank bereit gewesen, wenn nicht sein Widersacher höhnende Worte dazwischen gerufen hätte. Heuchler, hörte er, Feigling! Das Wort kannte er. Du bestehst nur aus Selbstbetrug, aus Unwahrheiten. Hast du dir früher nicht hundertmal selbst gesagt, dass du an keinen Gott glaubst? Und hast du nicht jedes Mal dazu gesagt, dass du ganz genau weißt, dass du zu schwach bist, ihn auch in deinen schwersten Stunden zu verleugnen? Warst du nicht immer überzeugt, dass du ihn in Stunden der Not anrufen würdest? Und hast du dir nicht ebenfalls fest vorgenommen, ja, einem nicht vorhandenen Gott gedroht, dass du ihn nach gelungener Rettung mit der gleichen Überzeugung verleugnen würdest? Schon im Voraus hast du ihm jeden Dank für eine Hilfe abgesprochen. Jede Hilfe hast du ihm wie eine Erpressung vorgeworfen, denn du bist in Not, du willst leben, jede Hilfe ist dir willkommen! Und dennoch tröstet mich der Gedanke an das Erbarmen, gab er zurück. Ich schenke ihm mehr Glauben als dir, denn nicht das Früher ist die Wahrheit, sondern das Jetzt. Nur das „Jetzt"!

Als er sich umdrehte, um auf dem Rücken zu schwimmen überkam ihn ein heftiger Schwindel, und die Arme mussten ihre rhythmischen Zuckungen mit Gewalt unterbrechen. Sein Kreuz lag wie eine Mulde im Wasser. Er streckte es, bis sein Bauch dicht an die Oberfläche kam. Der wirbelnde Tanz des Himmels und der Wellen wurde schwächer, um dann ganz aufzuhören. Er drückte sein Kinn auf die Brust und sah dem Spiel der schwarzen Haare zu. Wie Seegras bewegten sie sich hin und her, hin und her in schneller Folge. Lautlos und gleichmäßig. Zeitlos. Er betrachtet sie, ohne sich mit ihnen verbunden zu fühlen. Fremder Körper. Nur die Arme. Meine Arme sind es. Aber das Seegras und die Beine. Die Beine gehören mir sicher nicht. Ich kann ihnen befehlen still zu stehen, aber sie bewegen sich weiter. Ach, ich habe nur darauf zu achten, dass mein Kreuz gerade bleibt.

Wenn die nun an Bord immer noch nichts bemerkt haben. Mein Gott, wenn die wirklich noch nichts gemerkt haben und weiter fahren, als wäre nichts. Als wäre nichts geschehen. Ich kann es nicht begreifen, und wie sollen die mich wiederfinden, wenn sie tatsächlich umdrehen. Nein, nein, nicht daran denken.

Ich werde Ausschau halten nach einem Stück Holz. Die Arme beginnen mir zu schmerzen. Vielleicht finde ich einen Balken oder eine Kiste, nur zum Festhalten.

Sein Blick glitt suchend zur Seite, und dann fühlte er wie sein Herz für Augenblicke zu Schlagen aufhörte. Er war so über jedes Maß erschrocken, dass ihm sein ganzes Entsetzen mit keinem Gedanken ins Bewusstsein drang. Sein Blick war starr. Etwa zehn Meter von sich entfernt sah er eine schwarze, glänzende Flosse aus dem Wasser ragen. Er lag in einem Wellental, und seine Augen hingen an den undeutlichen Umrissen des dunklen Körpers unter der Flosse. Die nächste Welle ließ sie etwas tiefer eintauchen, dass nur noch die Spitze heraus sah. Der Körper war verschwommen, und bei der zweiten Welle tauchte er mit einer einzigen Bewegung weg. Nichts war mehr zu sehen. Ein Hai schoss ihm das Signal in den Kopf. Er wird gleich wieder auftauchen, näher als zuvor. Und ich habe kein Messer, nichts. In seinem Kopf jagten sich Angst und Mut wie das sprunghafte Pochen in seiner Brust. Aber, wenn er kommt, zeigt er den Bauch nach oben. Dann sehe ich das Weiße. Er wird wieder auftauchen. Ich darf keine Angst haben. Angst sollen sie spüren. Nur den, der Angst hat, greift er an. Wo wird er auftauchen? Ich darf mich nicht überraschen lassen. Er wandte den Kopf zur anderen Seite und bei der dritte Welle versuchte er rundherum alles abzusuchen. Immer noch lag er auf dem Rücken und als er den Kopf verdrehte, um nach vorne zu sehen, durchstach ein stechender Schmerz seinen Hals. Das also ist mein Tod! Dann aber konnte er den Hals noch wie vorher beugen, und er wusste, dass er nur irgend einen Halsmuskel unglücklich bewegt hatte.

Er drehte sich um, dass er auf dem Bauch schwamm, sah ins Wasser nach vorne, nach hinten und suchte die Wellentäler ab. Ich kann mich nicht wehren. Ich bin ihm ausgeliefert. Oh, hätte ich mich vorhin nur absaufen lassen, statt mit der Flasche zu reden und dem im Genick. Jetzt ist ein Hai da, und ich kann mich nicht wehren. Da, ist er... Nein. Oder doch? Ach, es war ein Wellenspritzer. Und da? Nein, nein, das ist nichts. Er wird gleich kommen. Aber lass ich mich fallen, so kann ich vor Angst nicht ertrinken. Meine Güte, warum muss das sein. Bin ich nicht schon genug für meine Dummheit gestraft? Von hinten! Nein. Er schwamm im Kreis, und der Hai kam noch immer nicht. Durch die Kreise treibe ich ab, aber die zehn Meter machen nichts aus.

Du hoffst also noch auf dein Schiff? Hoffen! Ja, vielleicht hoff ich noch. Es ist doch eine Chance.

Ich schwimme zehn Kreise und, wenn er nicht auftaucht, wieder geradeaus. Er schwamm und seine Augen suchten die Wellentäler und -rücken nach einer schwarzen Flosse und einem dunklen Körper ab. Zehnmal herum. Dann sagte er sich, dass der Hai viel mehr Zeit habe als er und irgendwo lauere, und er schwamm noch einmal zehn Kreise. Die lauernde Gefahr trieb ihn herum und herum. Im Dunklen glaubte er den nahenden Schatten zu sehen und im hellen den nach oben gekehrten Bauch. Für fünfzehn Hügel, die er genau abzählte, hielt er inne, dann schwamm er ein letztes Mal zehn Kreise, die doppelt so groß waren wie die ersten. Seine Angst hatte sich etwas gelegt, aber dem großen Schrecken folgte eine weit größere Schwäche. Er konnte die Finger nicht mehr gegeneinander legen. Die Hände waren halb geschlossen, als hielten sie einen unsichtbaren Stock umklammert und harkten kraftlos durch das Wasser. Der ganze Körper zitterte, und das Herz pochte in wilder Anstrengung. Glaubte er die Beine bei den einzelnen Zügen fest gegeneinander gelegt zu haben, so waren die Füße noch vier Handbreit auseinander. Knickten seine Arme ein, dann blieben sie auch bei der größten Mühe, sie wieder auszustrecken, angewinkelt. Ihm wurde übel, und mit dem Schwindel stieg die Willenlosigkeit in seinen Kopf. Nur dem automatischen Zucken seiner Arme und Beine war es zu verdanken, dass er über Wasser blieb. Sie gehorchten keinem Gedanken mehr. Ihr Aussetzen wäre sein Tod gewesen, und er hätte sich nicht dagegen gewehrt. Er war nun ohne jede Furcht, und als ihn der Taumel verließ, dachte er nur: ich will nicht, ich will nicht mehr. Ich habe keine Chance. Soll er kommen. Ich will nicht mehr ins Wasser sehen, und ich will nicht wissen von wo und wann er kommt. Soll er kommen oder nicht. Ich habe mein Möglichstes getan, alles was ich konnte. Nun bin ich am Ende. Ich kann nicht mehr, mir fehlt die Kraft zu wollen. Bis die Arme und Beine stehen bleiben, dann lasse ich mich fallen.

Mir schmerzen die Oberschenkel und die Schultern und das Genick. Ich warte auf den Hai und auf das Ertrinken.

Ihn würgte die Übelkeit im Halse. Zweimal krampfte sich sein Magen zusammen, dass er mit dem Gesicht ins Wasser schlug. Er schloss jedes Mal den Mund, damit das Salzwasser nicht von ihm geschluckt werden würde. Über ihm war blauer Himmel und eine ganz klare Sonne. Die Wellen kamen in ihrem Gleichmaß und waren seine Diener und Todesboten in einem. Als sich sein Magen entspannte, atmete er gerade bei einer überkommenden Welle. Das Wasser drang in seine Lungen und er schluckte und schnappte nach Luft, bis ein zerreißender Husten seinen Körper hin und her warf. Sein Kopf war wieder an der Oberfläche, und die Arme schlugen aus dem Meer. Aus Mund und Nase hustete und keuchte er das eingedrungene Wasser, und ihm brannten die Augen. An seinem Hals schlug ein harter Puls, Sterne und rote Kreise wirbelten vor dem Gesicht.

Er erzwang den Rhythmus der Arme und Beine wieder und den seines Atems, aber um seine Augen blieb der Kranz aus Funken und glühenden Splittern, die ihm seine Schwäche zeigten. Er flehte sich selbst um Ruhe an, und als sein Blick auf die Uhr fiel, zweifelte er daran, vorhin Gedanken gefunden zu haben, in den Zeigern lebende Wesen und aus der monotonen Gleichförmigkeit ihrer Bewegungen eine Verpflichtung für sich hatte erblicken können. Wie lange noch, stöhnte er in sich hinein, und er sah, dass der größte Schmerz der ist, den man sich selber auferlegen muss, so wie er sich zum Weiterschwimmen zwang. Mein Gott, mein Gott, ich kann doch nicht mehr! Und dennoch trieb es ihn. Wer wen zum Leben zwang, konnte er nicht sagen, ob er seinen Körper oder sein Körper ihn.

Es war halb sieben Uhr, und er rechnete nach, wie lange er schon von Bord war. Zweieinhalb Stunden, stellte er fest. Drei Stunden waren das Mindeste. Drei Stunden hatte er sich vorgenommen, aber auch von Anfang an gewusst, dass er nur wenig darüber schaffen würde. An Bord dachte sicher keiner ans Umkehren. Könnte ich doch eine kleine Pause einlegen, aber das wäre sicher wie beim Wandern, wenn man wunde Füße hat. Sie schmerzen und man sehnt sich nach kurzer Ruhe. Scheinbar erholen sie sich auch sofort, wenn es aber weitergehen soll, glaubt man nicht mit den zerschmetterten Füßen je einen Schritt gegangen zu sein. Leichter geht man noch auf einem Nagelbrett. Besser ist es ohne Rast. Vielleicht würden Arme und Beine einfach streiken?

Ihm fiel eine Atemtechnik ein, wie sie ihn als Schüler gelehrt worden war. Beim Vorstoßen der Arme atmest du aus, beim Heranziehen ein. Ganz regelmäßig: aus, ein, aus, ein….

Mit Gewalt zwang er sich zu diesem neuen Schritt, zumal sein Atem noch flog. Fast nach jedem ruhigen Atemzug musste er ein paar Mal schnell Luft schöpfen. Aber es gelang ihm immer öfter und er wusste, dass er seine Kräfte zu schonen hatte. Der flimmernde Kranz seiner Augen hatte zwar an Stärke nicht zugenommen, war aber auch nicht abgeklungen, so dass er seine Schwäche noch fürchtete. Zu seinem Erstaunen ordneten sich die Stöße der Beine in die der Arme in den Rhythmus des Atems ein. Es war ein harmonischer Dreiklang und in unerklärlicher Weise brachte es ihm Ruhe und ein leises Gefühl von Sicherheit. Sobald es ihm gelang, alle Drei in Einklang zu vereinigen, durchströmte ihn Leichtigkeit und Vertrauen zu sich selbst. Er hoffte dann nicht nur auf seinen Willen zu Leben, den er trotz seiner Zweifel für den größten Kraftspeicher hielt, sondern in ebenso großem Maße auf diese beruhigende Gleichmäßigkeit.

Er ahnte die Schwelle zu einer großen Kraftquelle in sich, die unangetastet ruhte, die nicht in seinen Diensten stand. Es war ihm, als sei er etwas gestorben, als sei er teilweise tot, denn sein Körper schien ihm nicht mehr zu gehören. Ihm wurde heiter ums Herz. Er war in seinem Körper und spottete doch, dass er immer geglaubt hatte, sein Körper sei die Wohnung seines Ichs. Eigenartig und berauschend in seiner Einfachheit. Vielleicht werde ich verrückt, dachte er. Ich bilde mir etwas ein, was weder wahr und vorhanden ist, noch sein kann. Aber ich kann so viel leichter schwimmen. Vielleicht würde ich erschrecken, wenn es nicht diese Leichtigkeit mit sich brächte. Und dennoch ist es mir nicht neu. Dieses Gefühl habe ich früher schon kennengelernt. Es kann nicht lange her sein, weil ich es noch so deutlich in mir habe. Aber, wann und wo? Ich möchte lachen, nicht laut lachen, nein, heiter sein. Nicht mit dem Mund lachen, sondern, ach, es ist schwer zu sagen. Es gibt Menschen, die stecken alle an mit ihrem Lachen und andere, die so traurig lachen, dass Tränen in die eigenen Augen steigen. Aber es gibt auch Menschen bei denen ist das Lachen eben leicht, beflügelt, heiter. Schaut man denen ins Gesicht, gibt es keine Schwierigkeiten mehr. Man möchte lachen und weinen, alles ist grenzenlos. So fühl ich mich, grenzenlos. Oder ich glaube dieses Gefühl nur zu kennen, weil ich mich danach gesehnt habe. Nein, ich bin weder verrückt noch sonst etwas. Jetzt weiß ich es genau.

Heute ist es das dritte Mal, dass ich es erfahre. Das erste Mal war es, als ich noch nicht an Mädchen dachte. Acht oder zehn Jahre war ich alt und war verreist. Aufs Land. An einem Nachmittag ging ich auf eine Wiese und legte mich dorthin. Der Kopf lag etwas erhöht und das Gras wuchs wie eine schwankende Wand um mich herum. Ich sah nur in den blauen Himmel und konnte mal eine weiße Wolke verfolgen, wie sie langsam dahinsegelte, oder die Halme an meiner Seite betrachten. Ich lag dort und träumte und wanderte mit den Wolken fort von mir. Die Himmelswanderer waren meine Vertrauten denen ich alles erzählte. Wir zogen weit fort und ich sah mich nicht ein einziges Mal nach dem um, dort im Gras, und dachte nicht mehr daran, dass ich am Tage zuvor das erste Mal in meinem Leben einen toten Menschen gesehen hatte, mit einem zerschmetterten Kopf, ehe jemand kam, der ein Tuch darüber legte und mir sagte, dass ich nach Hause gehen sollte.

Das zweite Mal war vor weniger als zehn Jahren. Wie verrückt war ich nach einem Mädchen. Sah ich sie nur, so war mein ganzer Körper ein Wunsch, ein Zwang. Ich wollte viel von ihr und bekam nichts, verfolgte sie und war blind, bis ich mich in eine andere flüchtete, bei der sich mir nichts in den Weg stellte. Erst danach ernüchterte ich von dem Taumel. In der Nacht entfloh mein Ich, und dem Zurückbleibenden galt nur ein mitleidiges Lächeln. Es war eine unendliche Befreiung. Genau wie jetzt. Vielleicht habe ich den Schritt ja schon getan, eben, als ich suchte und nicht wusste, was mich Neues ankam. Ich will meine Grenzenlosigkeit durch nichts einschränken, durch den Gedanken daran oder wie lange es dauern wird.

Er schwamm ohne Mühe und wusste lange Zeit nicht, ob er etwas dachte und wann er etwas dachte. Er überließ sich seiner Zeitlosigkeit wie ein Kind, dass sich selbst noch nicht entdeckt, seinem Spiel oder Leben. Er durchlebte und durcheilte seine Gedanken nach Räumen, die ineinander griffen, sich überschnitten, durcheinander wirkten. Sie waren ein Chaos und bildeten eine geschlossene Einheit, ein Ganzes. Er spürte das Nichts und war von Räumen so umdrängt, dass ihm der Atem fehlte. Auf dem Kopf schwebte er, und seine Beine schienen sich mit seinen Armen zu vereinigen. Sein Mund war der rote Schnabel einer Möwe, und er lag zu gleicher Zeit an der Brust einer Frau. Ein Tisch stand im Zimmer, und die Alpen waren darauf aufgebaut. Er hielt einen Spiegel darüber. Alles stand verkehrt und richtig. Er badete in dem Fenstersee, der die Alpen spiegelte. Sein Körper war eine wellende Bewegung, traumlos und zugleich die ganze Welt, jeden Gedanken, jede Wahrheit, jede Zwittergeburt aus Gaukel und Wahrheit in sich vereinigend. Er wurde Bestandteil eines phantastischen Kaleidoskops. Einmalige Bilder zerstörte er mit einer einzigen Handbewegung. Aus ihrem Tode die Unwiderruflichkeit des Alten erkennend, schuf er Neues und wusste gleichzeitig, dass das Neue ja nur aus dem Alten bestehen konnte. Er durchzuckte Räume, wo er nicht unterscheiden konnte, war es Farbe oder Musik. Beides schien gleichzeitig ohne Grenzen zu wirken. Ein Wirken ohne Ende. Aufsteigend, abfallend, sich ordnend und voneinander lösend, zerstörend und schaffend, alles war Eines, alles war Nichts. Er durchbrach neue Wände, schuf neue Räume, Dufträume, die festgehalten waren und schwebten. Sie wären greifbar gewesen, wenn nicht absolute Willenlosigkeit seine Hände ihre eigenen Wege zu gehen gehindert hätte. Er spürte den Duft, war selber Duft, Farbe, Musik und Raum, war selber wundervolle Wandlung. Alles atmete, alles regte sich. Alles warb, alles drängte. Jeder Atemzug tötete und gebar neues Leben. Blütenkelche waren groß wie Schluchten, Blätter segelten in unbestimmtem, wiegenden Wind. Zwischen allem war er. Allein. Sein Körper löste sich auf, fügte sich zufällig zusammen, tanzte wieder fort, ohne Sehnsucht nach Vereinigung. Zu Größtem fühlte er sich fähig und maß ihm die Bedeutung des Geringsten bei. Jedes Erlebnis zerstörte ein anderes, und er wuchs und wuchs und war zu allem fähig. Er hätte alle geschriebenen und ungeschriebenen Dramen, Jahrtausendealte Lieder, alles je Gedichtete, Erzählte und Gedachte aufsagen können, und er sagte alles. Er sprach alles und sagte keinen Ton. Die Gewissheit, es in sich zu bergen, ließ ihn schon alles aufgesagt haben. Er betrat eine nie versiegende Kraftquelle. Der Tod konnte ihr nichts anhaben, denn die Zerstörung war ihr Leben. Und was fürchtete er mehr als den Tod? Jetzt war er doch unsterblich! Er verstand Bilder, die er irgendwo, irgendwann gesehen hatte, gleich, ob sie die Wirklichkeit trugen oder die herausgerissenen Fetzen seiner jüngsten Welt. Es gab keine Schwierigkeiten mehr, kein Bedauern, kein Zögern, kein Hoffen.

Ihm kam eine Idee, und er wusste dass dieses wirklich eine Idee aus dem Ursprung des absolut Guten sein konnte, wenn nun Gott das ist, was ich hier sehe? Vielleicht ist Gott nur der

Glaube an das ewige Sterben und Leben? Oder gar Tod und Leben selber?

War es Hoffnung oder Zweifel was ihn befiel. Seine Visionen waren fort. Nur manchmal noch, wenn ihm der Dreiklang seiner Bewegungen gelang, vernahm er den Hauch jenes ersten Gefühls. Alles war wie zuvor. Um seine Augen tanzte der Flimmer, der Körper schien zu erwachen. Irgendwo wusste er um die Flucht seines Geistes, dass sein Ich geflohen war, für Sekunden vielleicht nur, und nun dem Verbündeten wieder zu dienen hatte. Geist und Körper, Illusion und Wahrheit, Hoffnung und Verzweiflung fanden erneut zueinander.

In seinem Rücken machte Er sich zu schaffen und bleierne Gewichte zogen ihn von unten. Mit jedem Beginnen wurde der Kampf gefährlicher und drohender. Fürchtete er im Anfang einen Krampf, so zweifelte er jetzt, ob er seinen Armen und Beinen noch trauen durfte.

Wenn er bis dahin die Sprünge seiner gehetzten Phantasie als entlastend empfunden hatte, so war er nun daran, sie als ein Zeichen beginnenden Wahnsinns hinzunehmen. Seine eben noch erlebte Gleichgültigkeit gegen den Tod hatte sich in grausame Angst verwandelt.

Es gab noch eine Hoffnung. Eine Hoffnung auf die Möglichkeit, den Weiterlebenden wenigstens seinen Namen zu hinterlassen, die Hoffnung nicht völlig spurlos zu verschwinden! Die Hoffnung, ein letztes Lebenszeichen zu übersenden. Ihn überfiel der Gedanke mit einer alles verdrängenden

Mächtigkeit. Der unendliche Zauber, eine Aufgabe in sinnloser Öde erhalten zu haben, erfüllte ihn mit der Freude eines großartigen, unerwarteten Sieges. Sie brachte ihm Gewissheit. Rettung war doch nur die Flucht seiner gequälten Gedanken gewesen und nichtig im Vergleich zu diesem neuen direkten Ziel. Er musste die Flasche wiederfinden. Ganz gleich wie. Ihm war eingefallen, dass sein Taschentuch an dem Ende einer Kante seinen vollen Namen trug. Seinen Vornamen und seinen Nachnamen. Er brauchte das Tuch nur um den Flaschenhals zu knoten, und es dem Schicksal zu überlassen, es auch unter Menschen zu treiben. Hieran zweifelte er nicht. Er befand sich plötzlich in einer ganz anderen Situation. Die spärliche Zukunft war scharf umrissen, sie hatte einen Sinn erhalten. Er gab nichts mehr auf Rettung. Nur noch die Flasche wollte er wiederhaben, musste er wiederhaben, und er würde sie wiederfinden!

Ich schwimme nicht mehr nach Zeit, sondern um ein Ziel zu erreichen. Wenn ich es schaffe, ihr das Tuch umzuknoten, bin ich bereit zu sterben, dann kannst du mich holen, dann darf ich mich getrost abschreiben lassen. Eigentlich ist sie gar nicht zu verfehlen. Ich werde ruhig schwimmen, vielleicht ein wenig kräftiger als zuletzt und zielbewusster. Ach, es ist schön!

Er sah in den Himmel und war sehr zufrieden. In seinem Kopf herrschte Klarheit, Überlegenheit. Die Wellen waren keine Boten mehr und keine Diener, sondern seine nächste Aufgabe. Er betrachtete sie nüchtern als weghemmendes Element, das überwunden werden musste. Die strahlende Sonne in der kristallenen Klarheit des Himmels und den blendenden Reflexen des Wassers begrüßte er wie den frühen Sonntagmorgen, der alles zu erfüllen verspricht, was man sich wünscht.

Er bemühte sich die Beine zu schonen, damit der Schmerz in seinen Schenkeln wieder abklingen würde. Er hatte ein Ziel, und das war mehr wert als alle Aussicht auf Rettung. Seine Züge waren ohne Hast. Die verkrampften Finger störten ihn nicht mehr. Welch eine Gewissheit war über ihn gekommen, welche Sicherheit in seinem Schwimmen. Immer wieder glitt sein Blick in den Himmel, und er freute sich an der so lange missachteten Lichtfülle. Es reizte ihn im Wasser zu plantschen, vor närrischer, kindischer Lust. Auch das war Rettung! Fast konnte er sich ein wenig ärgern, nicht gleich den Gedanken gehabt zu haben, als er in der Nähe der Flasche gewesen war. Das berauschende Glücksgefühl überflügelte diesen leichten Schatten jedoch, um das eigene Licht noch heller strahlen zu lassen.

Seinen Geist überkam eine abwartende Ruhe. Er vertrieb sich die Zeit mit Erinnerungen und dem einfachen Betrachten der gleichmäßigen, schönen Wellenbewegungen. Manchmal, wenn ihn ein Kamm trug, hielt er Ausschau, obwohl die Flasche so bald nicht zu erwarten war, und erholte sich, denn diese Reinheit und Durchsichtigkeit der Gedanken war ihm wie ein Ausruhen. Nicht anders konnte Jonas im Leib des großen Fisches empfunden haben, als er Gott seinen Psalm sprach und der Aufgabe in Ninive wieder bewusst wurde. Welch ein Geschick, ohne Aufgabe zu leben!

Er hatte die merkwürdigsten Visionen. Auf einer Allee ging er spazieren und besah sich die vorübergehenden Leute. Vornehm gekleidet, mit ihren Hunden an der Leine, die Kinder vor den Schaufenstern stehend, die Mädchen geschmackvoll und frühlingshaft bunt gekleidet. Für Augenblicke lebte er ein Leben, das er nie kennen gelernt hatte. Selbst elegant angezogen, er, allen überlegen. Trotz ihrer äußeren Gleichheit besaß er etwas vor den anderen, was ihn isolierte und dieser Welt entzog, dieser Welt der puppenhaften Schönheit, der leeren, toten Schönheit. Nur selten glaubte er auch an anderen dieses Unbestimmte, Absondernde zu bemerken. Statt der Fahrbahn floss ein breiter Strom, in welchem er jetzt schwamm. Neben ihm gingen die Leute spazieren und Gesichter, die eben unter den Gehenden waren, tauchten im Wasser wieder auf, blieben oder wanderten zurück, schnell und langsam. Hin und her glitten sie, waren mal im Wasser, mal im Trockenen. Manche bewegten sich ruhig, ausgeglichen, manche sprunghaft, verzagt.

Solange sie im Trockenen waren, hatten sie freundliche, gleichgültige und maskierte Mienen, die nichts verrieten über das Vorgehen im Strom. Waren sie aber im Wasser, und das geschah ohne ihr Dazutun, so öffneten sich Ihre Augen schreckensweit und sie ihren Mund wie in Verzweiflungsschreien. Sie klammerten sich aneinander, gingen unter, tauchten auf und kein einziger kannte die Wirklichkeit, die Gegenwart.

Selten nur tanzte ein eiliger Blick vom Ufer auf das Wasser, der schnell genug, wie gefährdet, zurück flog.

Er allein schwamm in Ruhe. Ihn reizte kein Ufer. Er wusste um das Leben auf dem Trockenen und den flüchtigen Blick vom Wasser fort. Nichts störte seine Bahn. Seltsam und doch am natürlichsten war seine Angstlosigkeit. Mitleid erfasste ihn zuweilen, wenn er die verzerrten Gesichter der Nachbarn sah. Ihnen schien er unsichtbar zu sein. Sein Weg führte an allen vorbei. Weiter, weiter....

Er fühlte sich unsagbar müde. Seine Müdigkeit war echt und stark, aber dem Willen, das Ziel zu erreichen, untertan. Das süße Versprechen, nach dieser letzten Anstrengung den Wunsch eines endlosen Schlafes erfüllt zu bekommen, ließ sein Bedürfnis zurücktreten.

Ihm schienen die Schwimmbewegungen von einer vollendeten Gleichförmigkeit zu sein, wenn er auch den Dreiklang kaum mehr erreichte. Immer öfter huschten seine Augen, sobald er auf der Höhe eines Kammes war, in die Täler und auf die benachbarten Berge. Mit einer leichten Drehung des Kopfes konnte er weite Flächen überblicken. Der flimmernde Kranz hatte die Augen verlassen und nur die Schärfe des Meerwassers ließ die Lider schmerzhaft brennen.

Ihn leitete das unbestimmte Gefühl, dass die Flasche zu seiner linken auftauchen würde. Hier und dort glaubte er schon ihren wackelnden Hals zu bemerken, entdeckte dann aber bald die Täuschung, ohne darüber zu erzürnen, denn er konnte ihr noch nicht begegnen, wenn er auch nicht allzu weit von ihr entfernt sein dürfte. Sein Blick tauchte in das immer tiefer werdende Grün des Wassers hinab, und ihn durchlief keine Angst mehr vor der Grundlosigkeit. Den oberflächlichen Farbenschimmer empfand er als wärmend und die Tiefe als beruhigend. Die gleichmäßig sich hebende und senkende Brust, auf der er ruhte, wiegte ihn ein, und für Sekunden träumte er von einer Frau. Um seine Hand floss das Wasser so mild, als wäre es duftendes Haar. Seine Bewegungen waren gleichsam die Liebkosungen eines unendlich sanften, weichen Körpers, ja, in wunderbarer Weise fühlte er sich nicht nur eng an den Körper geschmiegt, sondern war in ihm. Erfüllte ewige Sehnsucht wogte um ihn. Er war im Licht und gleichzeitig einer endlosen Dunkelheit, Verlorenheit so nahe wie ein selbstvergessener Mensch nur sein konnte. Nie in seinem Leben hatte er die Erfüllung so deutlich geahnt. Ach, flüchtig strich der Gedanke an Rettung durch sein Hirn und schien ihm lächerlich. Nichts war mehr wichtig. Er hatte ein Ziel, dem er, wenn überhaupt, die einzige Bedeutung schenkte. Doch, erreichen wollte er es unbedingt, aber war es für diesen Augenblick nicht wirklich bedeutungslos? Nur für diesen einen Augenblick?

Als er sein Gesicht erneut nach vorne wandte, schlugen ihm Schaum und Wasser zweier Wellen, die sich vereinten, in Mund und Nase zugleich. Das Schicksal entriss ihn einem der schönsten Augenblicke seines Lebens. In den Lungen war Wasser, und sein Körper bog sich unter dem unterdrückten Zwang zu atmen. Eine Zeitlang war er ganz unter Wasser, weil seine Arme keine lohnenden Bewegungen mehr vollbringen konnten. Sie schlugen zuckend umher. Trotzdem gelang es ihm wieder hochzukommen und mit jämmerlichem Schnaufen und Zittern schöpfte er etwas Luft. Seine Kräfte hatten wohl ausgereicht, einem ununterbrochenen Rhythmus zu dienen, aber diese Aufwallung des Fleisches unter der drohenden Erstickung kostete mehr, als er glaubte noch übrig behalten zu haben. Selbst in einer halbwegs schwimmenden Lage vermochte er das Beben und Schütteln des ganzen Leibes nicht zu unterdrücken. Jede Fiber war in wildem Aufruhr. Er zwang mit einem Willen, der alles Leben in ihm umfasste, seine Beine und Arme wieder zu ihren Bewegungen. Fast blieb das Gefühl, gegen die Wellen zu schwimmen, als einziger Orientierungssinn, denn die geöffneten wie geschlossenen

Augen nahm eine flimmernde, tanzende, blitzende, rote Kulisse mit tausend Mustern und Filigranen gefangen.

Erst nach Minuten begann sich der Schleier allmählich zu teilen um dem Sonnenlicht als neuem Peiniger Platz zu machen. Ihn blendeten die Reflexe, und niemals zuvor hatte er so sehr nach Aufgabe und Selbstvernichtung verlangt, wie jetzt. Gleichzeitig war er wie hypnotisiert von der Pflicht, die er zu erfüllen hatte. War sie erst erledigt, mochte mit ihm geschehen was wollte, solange aber durfte sein Wunsch nicht siegen. Unbeugsam war der Zwang gegen die Versuchung. Seine despotische Macht zerschlug jeden Gedanken, der ihn zu verführen trachtete, beim ersten Aufflammen. Sein Körper war bereit, das Letzte zu tun, aber bald und schnell und nicht mehr als das. Voll Vertrauen sehnte er die Flasche herbei.

Ihn schreckte das Ende nicht. Wie viel Angst hatte er schon ausgestanden, wie oft war ihm der Tod lieber gewesen als das Leben. War er nicht ein Gezeichneter? Ein vor allen Menschen Gezeichneter, ja ein Verfluchter? Klebte nicht Blut an seinen Händen? Hätte er nicht bedenkenlos gemordet, wenn er die Möglichkeit besessen hätte, vorhin als er der Flasche wünschte abzusaufen? Da sie als Symbol seines Mordes an der ganzen Menschheit absaufen sollte? Wo waren Schranken gewesen! Oh, die Verzweiflung ist die Hure der Hoffnung. Schmutz gebärt sie, ein Stiefkind des Unglücks. Ihn hatte sie geboren. Er war Schmutz, er war Abschaum. Und er liebte und hasste zugleich den, der ihn dazu stempelte, denn er glaubte an das

Gute in sich, welches das Böse verachtete, wenn er auch beides in seinem Innern vorhanden wusste,

Gut und Böse, dachte er, Gut und Böse. Er besann sich des Liederabends einer japanischen Gastsängerin. Wunderschön zart sah sie aus in ihrem landschaftsbetupften Kimono, den schwarzen Haaren, die das bleiche Gesicht und das Dunkel der Augen betonten und der Zierlichkeit ihres Schreitens. Am Anfang sang sie Lieder des Gastlandes, die trotz Ihrer allgemeinen Beliebtheit, unschön und farblos wirkten. Der überaus zerbrechliche Klang Ihrer vibrierenden Stimme, die ungewohnte Aussprache der sonst so wohlklingenden Worte übte einen nervösen Reiz auf die Zuhörer aus, die dauernd der Exotik der Stimme verfielen, aber vor dem Ablehnen des Verzerrten, Hässlichen zurück schreckten.

Als sie später jedoch ihre heimatlichen Lieder sang, wandelte sich die Stimme in das wunderbare Schluchzen versteckter Nachtigallen. Die Fremdheit und der seltsame Zauber der Lieder hielten alle gefangen, weil sie in ihrer Echtheit, Natürlichkeit und Schönheit das Gute schufen, das unwandelbar Gute.

Das war der Unterschied zwischen Gut und Böse. Das Böse, unbekannt und uns für Augenblicke beherrschend, verführend, gewinnend und verlierend in stetem Wechsel, weicht dem Guten, das trotz seiner scheinbaren Fremdheit und dem scheinbar undurchsichtigen, neuen Gewand, sich uns so selbstverständlich offenbart. Sein Sieg ist immer da, und doch ist der verflucht, der mit dem Bösen rang. So war auch er verflucht und konnte sich dennoch lieben, mehr lieben als hassen. Er war verflucht, weil er die Menschen gehasst hatte, und er lebte noch, weil er ein Mensch war, weil er das Gute in sich trug.

Noch immer schmerzten die Lider. Wenn ein zufälliger Spritzer ihm sekundenlange Linderung verschaffte, trank er die Erleichterung in gierigen Zügen, obwohl er sich der Täuschung bewusst war, denn wenig später nur, begann sich die Qual ins Unerträgliche zu steigern, und ein neues Befeuchten verhieß noch stärkeres Brennen. Trotzdem ertrug er die Pein mit Gleichmut, denn seit er die Flasche wiedersuchte, hatte ihn das tötende Gefühl der Einsamkeit und Verlorenheit ganz verlassen. Sein Kopf lag schräg im Wasser, und seine Blicke glitten nur über die Berge und Täler zu seiner Linken. Er zwang sich, nicht dem verlockenden Schließen der Augen zu unterliegen, denn auch das stillte den Schmerz. Der Feind, der ihm im Rücken gehockt hatte, hatte einem einfachen Gegner mit offenen Waffen Platz gemacht, dem einzigen Gegner, dem Wasser, stark aber nicht unbezwingbar. Einem sichtbaren Gegner, viel leichter zu bekämpfen als einer, der mit den eigenen Waffen schlägt, viel leichter zu bekämpfen als sich selbst. Er dankte dem Schicksal für diese Gunst.

Nie würde er es jemandem erzählen können, selbst wenn seine Füße wieder festen Boden berühren sollten, würde es ihm unmöglich bleiben. Den Kampf gegen sich selber zu beschreiben und die Flucht davor ohne Wendung des Ausganges willkommen zu heißen, das alles je lebendig werden zu lassen, lebendig vor die Augen anderer treten zu lassen, um ihnen ein Stück gelebtes Leben zu zeigen, würde immer seine Kräfte übersteigen.

Wenn er je wieder an Land käme... Nein, ich will zufrieden sein. Dieses eine noch, das Tuch und dann sterben. Erlösendes Sterben.

Man wird die Flasche finden! Wer? Wieso: "Wer". Ein Mann natürlich. Er wird den Fund melden. Man wird erfahren auf welchem Schiff ich gefahren bin. Man wird erzählen, dass ich über Bord gefallen sei. Ja, über Bord! Aber es war doch den ganzen Monat kein Sturm. Nein es war kein Sturm, und er hat sich sicher sehr lange über Wasser halten können. Das sieht man an dem Tuch, denn er ist bestimmt nicht neben der Flasche über Bord gefallen. Gefallen! Über Bord gefallen! Bei bestem Wetter über Bord gefallen! Hast du das gehört? Und niemand war dabei! Merkwürdig, niemand war dabei gewesen. Sehr merkwürdig. Ob vielleicht..? Mein Gott, die kommen auf Gedanken? Ob man das tatsächlich annimmt, dass ich nicht von allein über Bord gefallen bin? Meinst du, die glauben, mich hätte jemand über Bord geworfen? Einfach über Bord? Aber nein, wer sollte wohl. Wer wohl und warum wohl. Ich hatte keine Feinde. Freunde waren an Bord. Zwei gute Freunde, Gerd und Charles. Charles vielleicht noch mehr als Gerd. Charles! Er war allein auf der Brücke, und ich war allein auf Deck! Nur noch die Katze. Charles werden sie fragen. Sie werden ihn immerzu fragen. Er wird antworten. Er wird auf alles antworten, aber sie werden ihm nicht glauben, sie werden ihm einfach nicht glauben. Wenn er gut antwortet, werden sie sagen, ein ganz schlimmer, antwortet viel zu sauber und zu glatt. Antwortet er stockend, erschrocken darüber, dass man ihn derartig verdächtigt, werden sie ihm erst recht misstrauen.

Wer kann ihm glauben? Vielleicht hat doch einer meinen Schrei gehört, aber nicht weiter darauf geachtet. Er wird es dann erzählen. Gestern glaubte ihm jeder, aber heute, wo ich nicht mehr an Bord bin, und er allein auf der Brücke war, heute glaubt ihm keiner. Er wird Angst bekommen und ihnen erzählen wollen wie es war. Dann sieht er, dass es gar nichts zu erzählen gibt. Er hatte ja nur oben gestanden und nach vorn geschaut.

"Nein, nach hinten habe ich mich nicht umgesehen. Überhaupt nicht. Warum sollte ich wohl nach hinten schauen." Dann werden sie ihn wieder fragen, zweifelnd, überzeugt von seiner Schuld, und jede Frage wird wie eine Falle sein. Charles wird merken, dass sie seine Worte nur hören wollen, um ihn zum stolpern zu bringen. Er wird merken, dass alle seine Schuld wollen, nicht seine Unschuld.

Er wird, oh Großer Gott! Charles ist ein einfacher Mensch. Er ist gut und einfach. Er wird wütend werden, wenn sie solange fragen und zweifeln. Er wird sich auf sie stürzen und sinnlos schlagen. Er wird sich mit ihnen schlagen, gerade, wenn sie ihm eine Falle gestellt haben, und er darauf hereingefallen ist. Aber sie sind ihm überlegen an der Zahl und werden ihn verprügeln, bis er nur noch weint und wimmert. Stöhnen wird er: "Ich bin unschuldig, ich habe doch keine Schuld. Ich war doch nur auf der Brücke. Ich bin unschuldig, glaubt mir doch, ich bin unschuldig."

Dann werden sie von ihm ablassen. Es sieht jetzt etwas anders aus, wo sie sich abgekühlt haben. Alle werden überlegen, ob man nicht am besten zurückfahren sollte. Zurückfahren und suchen. Wie viele Stunden fehlt er etwa schon? Wird es noch Sinn haben? Nein, sie fahren nicht zurück. Einer wird sagen: Was geschieht mit Charles? Vielleicht antwortet der Kapitän: Das ist Sache der Polizei. Charles ist zwar verdächtig, aber niemand kann ihm etwas beweisen. Fortlaufen kann er auch nicht und wenn er über Bord springt, beweist das nur seine Schuld. Er soll weiter frei herumlaufen.

Die anderen werden zufrieden sein mit dieser Lösung. Jeder könnte im Wasser schwimmen. Aber zurückfahren lohnt sich wirklich nicht, es ist zu spät.

Charles wird allein stehen bleiben, die anderen weiter weg. Er wird Angst haben. Sie stehen auf einem Haufen und flüstern miteinander. Was reden sie? Sogar Gerd meidet seinen Blick.

Glaubt ihm denn keiner? Ich muss etwas tun, wird er denken. Soll ich die Rettungsringe über Bord werfen? Quatsch, die denken, ich will fliehen. Wohin wohl? Aber ich muss etwas tun! Er sieht alle scharf an und überlegt. Ich muss ganz ruhig bleiben, ganz ruhig. Er denkt und denkt und nicht mehr an den, der vielleicht noch im Wasser schwimmt, weit hinter ihm, sondern nur an sich, so wie ich nur an mich dachte und nicht an Charles. Er entschließt sich zu den anderen zu sprechen, weil sie ihm wie eine Mauer gegenüberstehen und auf sein Wort zu warten scheinen. Er macht zwei Schritte auf sie zu und mit einem Ruck blicken ihn die Gesichter an. Verkniffene Gesichter mit boshaften Augen. Wieder wird er Angst haben. Nicht vor denen, sondern vor der Schuld, vor der unbewiesenen Unschuld.

„Ihr.. Ihr wisst doch genau… Ihr könnt doch nicht."

Sie starren ihn schweigend an. Er hebt die Hände, die Schultern. Seine ganze Unschuld, Verzweiflung, Bitte um Verstehen liegen in dieser Geste. Eine Sekunde hat er alle überzeugt, aber Hände und Schultern fallen wieder herab, die Augen heften sich an den Boden. Er tritt beiseite. In ihm werden wieder Wut und Ohnmacht ringen. Für und Wider.

Es ist wirklich ernst. Einer behauptet mit Gewissheit sich an den Schrei erinnern zu können. Er möchte es beschwören. Er hatte sich zuerst nichts dabei gedacht, aber später, als ihm die anderen erzählten, dass einer über Bord sei, war es ihm sofort wieder eingefallen und er hatte es auch gleich gesagt. Die anderen bestätigten das. Es war doch unmöglich, bei dem Wetter über Bord zu fallen. Als erfahrener Seemann bei geradezu lächerlichem Seegang. Alles spricht gegen Charles. Armer Charles. Nicht einmal die Gewissheit wird er haben, für den im Wasser etwas getan zu haben. Man wird dir ein fürchterliches Wort auf die Stirn brennen. Man wird es in alles brennen, was du tust.

Sie haben geschlagen, und jeder könnte im Wasser schwimmen, und jeder könnte Charles heißen. Schuldig, schuldig! Später wird es heißen, beweisen konnten sie ihm ja nichts, aber wenn man ihn sich genau ansieht, er blickt immer auf den Boden, immer auf den Boden. Er soll getötet haben!

Er hört sie schon reden, die anderen, die anderen. Als er sich mit der Hand über den Mund fährt, ist ihr Rücken mit einer roten Flamme gezeichnet. Sein eigenes Blut schreit ihm zu, sein eigenes Blut: Schuldig, schuldig! So rot ist es. Mein Gott, ich bin doch unschuldig, denkt er, aber die anderen. Und die anderen sehen ihn an: So sieht einer aus, der getötet hat.

Er schwimmt und sucht die Flasche. Sie müsste zur Linken auftauchen, und seine Gedanken sind wieder bei Charles. Wenn es noch einen Weg gäbe, ihm das zu ersparen. Er selbst wollte nicht mit dieser Schuld sterben. Und die anderen? Ach immer die anderen. Sie waren so schuldig und so unschuldig wie Charles, wie er, wie der Kapitän, wie alle. Wie konnten sie Charles anklagen. Wie konnten sie ihn schlagen. Sie hätten ihn nur festzuhalten brauchen, als er den Kopf verlor. Aber sie wollten schlagen, wollten sein Blut. Wenn es noch einen Weg gäbe. Könnte ich doch eine Nachricht in die Flasche stecken, oder auf das Tuch schreiben, Aber wie und womit. Die Flasche allein mit meinen Namen ist kein Hinweis. Ich schaffe es nicht, nein es gelingt mir nicht. Er dachte auch, warum zerbreche ich mir den Kopf über andere. Habe ich nicht genug mit mir zu tun? Habe ich nicht genug mit mir zu kämpfen? Jeder muss zusehen, wie er zurechtkommt. Wer kümmert sich um mich? Mein Schiff fährt weiter. Sollen sie Charles doch schlagen. Er braucht noch nicht zu sterben. Wer weiß, ob es ihm überhaupt etwas ausmacht, was die anderen reden und denken. Vielleicht genügt es ihm, unschuldig zu sein. Vielleicht denkt er wirklich nur an sich und nicht daran, die Rettungsringe über Bord zu werfen. Vielleicht beschuldigt ihn niemand. Vielleicht!

Aber dann glaubte er wieder dem anderen mehr. Er war niedergeschlagen, verzweifelt und an Ende seiner Kräfte. Jetzt hatte er zwei Aufgaben, die eine klein und egoistisch, die andere groß und undurchführbar. Die Flasche würde er bald erreichen, aber Charles. Ach, wollte er auch hier nur sich selbst von Schuld befreien?

Zu seiner Linken sah er auf dem vierten oder fünften Berg voraus den Flaschenhals wackeln. Nur einmal sah er ihn hin- und her schlagen, dann verschwand er auf dem Rücken. So sicher war er seiner Sache gewesen, dass ihn ihre tatsächliche Wiederfindung nicht verwunderte, sondern nur den freudigen Schreck auslöste, den man empfindet beim Anblick des erwarteten, lange nicht gesehenen, lieben Freundes. Wunderbarer Zauber. War sie nicht eine schöne Flasche, eine stolze Flasche? Hatte sie den Undankbaren nicht laufen lassen, ohne ihn zurückzurufen? Wartete sie nicht auf seine Botschaft? Vier Wellen noch, dann bin ich bei dir. Ich liebe dich, wie ein hübsches, stolzes Mädchen, das mich nicht einmal ansieht. Wirst du mir den Gefallen tun? Ich glaube, im Stillen fürchtete ich doch, dich zu verfehlen, aber jetzt ist das gleichgültig. Und dein Kopf ist schön dick. Das Tuch wird nicht abrutschen, mein kleiner Bote komm' mir entgegen. Bitte, komm' mir entgegen. Ich bin nämlich sehr geschwächt und weiß nicht, ob ich noch fähig sein werde, dir das Tuch umzubinden. Ich werde es aber versuchen. Ich kann ruhig alle Kräfte verbrauchen, denn den Hinweis muss ich Charles schuldig bleiben. Aber ich werde dir sagen, ganz laut werde ich dir sagen: „Charles ist unschuldig", ganz laut, verstehst du, damit es einer weiß. Ein einziger wenigstens. Du kannst nicht sprechen, nein und hören auch nicht, aber mich erleichtert es.

Sie kamen sich ganz langsam näher, und er fürchtete schon den Augenblick, in dem er seine Armbewegungen unterbrechen würde, um nach dem Tuch zu fischen. Ja, er dachte, ich muss fischen, denn meine Finger werden sich nur schlecht bewegen lassen, wenn sie überhaupt noch etwas fühlen. Vielleicht ertrinke ich ja noch, bevor das Tuch an deinem Hals hängt. Ich werde so schnell machen wie es irgend geht und mich dann gegen nichts mehr wehren. Es ist lähmend daran zu denken, dass man selbst, das ganze fühlende Ich, mit dem Körper stirbt. Ich meine, dass ich die erlösende Entspannung, die absolute Befreiung, miterleben möchte. „Endlich", möchte ich sagen können, eine Eischale zerbrechen und daraus hervor schweben, unendlich frei sein. Man müsste es miterleben, wenn man stirbt, sich noch eine kurze Zeit nach seinem Tode über alles das unterrichten dürfen, was durch den Tod geändert worden ist. Natürlich ohne den Willen zu Handeln. Ich würde mich sofort an Bord begeben und sehen, ob es mit Charles stimmte, ob sie wirklich glauben, dass er mich über Bord geworfen hat. Auf alles andere könnte ich verzichten. Ja, ich glaube, wenn ich jetzt die Wahl hätte zwischen so viel Kraft, dass ich noch den ganzen Tag schwimmen könnte und dem sofortigen Tod, aber einem Bordbesuch, so würde ich auf das Leben pfeifen. Vielleicht nur, weil ich so kraftlos bin. Aber ich würde das letztere wählen.

Merkwürdig, dass ich gar nicht mehr auf Rettung sinne. Ich habe mich mit dem Ende abgefunden und nur noch eine kleine Aufgabe und einen Wunsch, von dem ich weiß, dass er nicht erfüllt werden kann. Fast alle meine Wünsche blieben unerfüllt. Vielleicht, weil ich sie mir nie stark genug gewünscht habe, mit jeder Faser meines Körpers?

Wünsche dir ganz stark, ihr das Tuch um den Hals zu knoten, vielleicht, dass es dann gelingt. Man muss es wünschen, nur wünschen, verlangen. Ach, „man", wie ist das allgemein. "Ich" muss wünschen, alles in mir muss es von mir verlangen. Ich will, dachte er in spürbarem Zusammenraffen aller Kräfte. Er begann sich zu konzentrieren. Ich will! Ich will!

Die Flasche schwamm einen Meter von ihm entfernt. Ihr teilnahmsloses Wackeln mit dem Kopf rief ihn zurück, und er begann von neuem. Ich will! Ich will!

Seine Hand glitt unter Wasser. Mit der anderen schwamm er, ganz schräg im Wasser liegend, wie zu Anfang, als er noch hinter dem Schiff hergewinkt hatte. Eine Hand, einen Arm hatte sein Wille bezwungen. Mochte es das letzte sein, was er schaffen würde. Ihm fiel ein, dass die Flasche erfahren sollte, hören sollte, dass Charles kein Mörder sei. Und während seine Hand unter Wasser war, an seinem Körper tastete, um Fleisch von Stoff zu unterscheiden, sprach er, beflügelt durch die Gewalt seines Willens, laut und langsam, indem er die Flasche scharf ins Auge fasste: "Charles ist unschuldig!"

Einen Augenblick benebelten ihn der Klang seiner Stimme und die Sinnlosigkeit seines Tuns, aber er hatte es sich vorgenommen und nun war es geschehen.

Seine tastende Hand schob sich zwischen das straffe Gummiband seiner kurzen Unterhose und den kalten Körper, der sich wie ein glattgespülter Stein anfühlte, nur von einer tiefen Kerbe gezeichnet. Die Hand glitt rechts hinauf und links und schob sich tiefer und etwas auf den Rücken und fand nichts.

Kein Tuch! Kein Tuch!

Er konnte keinen Gedanken fassen. Ein Spalt tat sich vor ihm auf. Er trat hinein und fiel und fiel und fiel. Endlos lange währte sein Fall.

Beide Arme schwammen wieder, und die Flasche sah er nicht mehr. In seinem Rücken, endlos weit zurück...

Er schwamm wieder mit den Wellen. Sie erreichten ihn von hinten, hoben und senkten ihn wie Diener, denen das Fragen verboten war....... Und der Spalt war endlos tief. Er erwartete keinen Aufschlag mehr. Das Taschentuch hatte er verloren, und eine Flasche hatte es nie gegeben! Ich war nie zurückgeschwommen, nur geradeaus. Ich werde doch nicht zurückschwimmen, wenn ich weiß, dass die einzige Rettung nur von vorne kommen kann!

Hatte er noch Gefährten? Die kleine Aufgabe oder die große Aufgabe, die Bereitschaft zu sterben, der Wille zu Schlafen? In seinem Kreuz saß sein Gefährte und lachte endlos, als sei er von einem kleinen Ausflug zurückgekehrt und amüsiere sich über den missglückten Fluchtversuch. Die Wellen schwiegen vor überladener List. Sah er nicht eben die schwarze Flosse aufragen? Wer rief ihn von unten? Wer hatte sein Herz geraubt? Wer stahl ihm die Tränen? Oh, verflucht, verflucht.

Weinen möchte ich wie vorhin. Weinen! Schreien! Wann darf ich endlich, endlich sterben?

Nichts wird von mir bleiben! Nichts! Nein, schlimmer noch: Charles wird bleiben, meine Schuld wird bleiben. Er wird mich hassen! Ich hasse mich. Er spürte den würgenden Griff am Hals und schluckte verzweifelt. Die Lider brannten höllisch und die Wangen biss ein Fieber. In ihn grub sich das zersetzende Gefühl, der letzten Hoffnung, in die er unbedingtes Vertrauen gelegt hatte, der Hoffnung auf den Tod, den erflehten Tod beraubt zu sein. Er schwamm in einer giftigen Flüssigkeit, deren Geschmack ihn mit Abscheu erfüllte, sobald ein Spritzer in seinen Mund traf oder die über sein Gesicht laufenden Perlen sich auf den Lippen verteilten. Mit dem Trocknen der Lippen begann ein peinigendes Brennen. Seine Zunge schnellte heraus, sie zu befeuchten und brachte den widerlichen Geschmack mit zurück. Bitterkeit breitete sich ihm aus. Erst jetzt bemerkte er den Ekel.

Er beobachtete seine weißen Finger mit den blauroten Nägeln und ihre metallische Starre. Sein Blick blieb an der Armbanduhr hängen, und es dauerte einige Zeit, bevor er darauf kam nachzusehen wie spät es war. Etwas über vier Stunden schwamm schon, das war eine Stunde länger als er sich selbst gesetzt hatte. Dann glaubte er, sich verrechnet zu haben, aber es war richtig. Vier Stunden trieb er schon in dieser Öde, in dieser Wildnis der Einsamkeit.

Er wusste nicht, was für Gefühle ihn noch beherrschten. Es

waren Gegen- und Miteinanderwirken von Enttäuschung, Erstaunen, Verzweiflung und einer Art düsterer Freude, die aufzuckten und verschwanden wie die Schatten eines vom nächtlichen Wetterleuchten hervorgerufenen Baumes, wenn er daran dachte, sich fallen zu lassen. Wie im Anfang. Wie im Anfang, nur unsagbar schwächer, lag er im Meer. Fort waren die Gaukeleien seiner Gedanken. „Er" saß ihm wieder im Nacken, spottend, höhnend, lockend, bereit zu verführen. Ich darf mich nicht untergehen lassen, ich muss weiter schwimmen.

Ich habe Angst. Nasse, kalte Angst, die mir weh tut. Sie schmerzt mich in der Brust. Mich schmerzt meine Angst. Sie brennt mir im Hals und im Herzen. Sie brennt sich ein in mein Herz, in mein Ascheherz. Sie verschlingt mein Schattenherz. Ich möchte mich aus dem Wasser heben und die Hände zum Himmel ringen oder zur Hölle, aber ich möchte dabei schreien, so laut schreien, dass mich die Angst verlässt. Oh, ich möchte wimmern, erbärmlich um Gnade wimmern, zittern möchte ich wie ein Hund. Wie ein geschlagener Hund möchte ich wimmern und zittern und die Hände ringen und schreien und schreien: Ich nicht! Warum ich!

Ach, es ist erbärmlich, dass ich mich so gehen lasse. Aber mich hört ja keiner. Ich spreche ja nur mit mir. Ich spreche ja nicht einmal laut. Ich halte den Mund geschlossen. Ich rede ja nur mit mir. Mir hört doch keiner zu. Mir kann doch keiner zuhören! Wer hört mir denn zu! Wer denn! Wer denn! Sag doch, wer! Ich! Ich hör' deiner Dummheit zu. Ich selbst höre dir zu. Ich, dein Ich. Aber du darfst ruhig weiter sprechen, ich kenne dich und dein kleines Hasenherz. Nein! Nein, ich habe kein Hasenherz! Ich habe ein großes, offenes Herz. Ich habe ein weites Herz, aber du schnürst es zu, du engst mich ein. Du machst es zu einem Hasenherzen. Du, mein verfluchtes Ich, du engst es ein. Du hast mir die Angst in mein großes, weites Herz gepflanzt. Du allein. Du selbst. Selbst!

Ich muss ruhig bleiben. Ich darf mich nicht wieder verschlucken. Das wäre mein Ende, mein Tod. Aber ich kann die Angst nicht vertreiben. Sie sitzt so tief und fest in mir. Nur schwimmen, nur ruhig schwimmen. Nur ganz ruhig weiter schwimmen. Solange Arme und Beine sich bewegen, bleibe ich auch über Wasser. Aber die Angst. Sie raubt mir so viel Kraft. Und ich kann nichts mehr tun. Alles, was zu tun war, habe ich versucht. Ich darf nur noch warten, warten und hoffen. Und ich weiß nicht, wie lange ich noch warten kann und auf was ich hoffen soll. Auf mein Schiff oder auf ein anderes oder ... Vielleicht habe ich die Angst nur vor den letzten Kampf.

Wenn dieses wirklich schon mein Ende ist, die letzten Stunden meines Lebens sind, nein, ich kann das nicht glauben, nein, das kann ich nicht. Ich habe doch eben noch so sehr gelebt. Eben an Bord. Und jetzt soll alles vorbei sein? Bin ich so ohnmächtig? Ich darf nicht daran denken! Denk' an irgendetwas anderes. An die an Bord oder….. Ich bin zu schwach. Und doch nicht schwach genug, dich untergehen zu lassen. Und die Angst quält mich, und mein Körper quält mich, und die Gedanken an Charles quälen mich. Ich habe nicht einmal mehr tröstende Gedanken. Ich bin ärmer als der ärmste Mensch auf der Erde. Ohne eine Aufgabe.

Ach, ich pfeif auf alles. Ich will Rettung! Ich will gerettet werden. Ich will, dass ihr mich hier herausholt. Ich will... Und was geschieht, wenn sie dich herausholen? He? Was geschieht denn dann? Vielleicht trinkst du dann eine Brühe, schläfst ein wenig, freust dich, bist wieder der Alte, hast dein altes Leben wieder. Hast du dich je um dein altes Leben gekümmert, als du noch darin warst? So sehr darum gekümmert wie jetzt? Und wenn du gerettet wirst, trinkst du eine Brühe und gehst schlafen. Von der Brühe zu reden war natürlich unsinnig, aber ich dachte, das andere wäre selbstverständlich, dass ich mich freuen würde, dass ich jeden neuen Tag wie ein Kind begrüßen würde. Ach, ich bin ein Idiot. Ich denk an Brühe und weiß endgültig, dass mich niemand, hörst du, niemand herausholen kann. Sie können es nicht, selbst wenn sie wollten. Finde dich damit ab. Es gibt nur noch mich und das Meer. In kurzer Zeit nur noch das Meer. Das ist bitter und wahr. Glaube daran und lass deine verrückten Hoffnungen fahren. Es gibt keine Rettung.

Er war überzeugt davon, und ihn überkam eine innere Ruhe, abwartende Ruhe. Seine Arme bewegten sich mechanisch. Jedes Mal, wenn der Gedanke an Rettung auftauchte, beschwor er sich, die Wahrheit doch endlich fest anzunehmen.

Es war ihm als spräche er zu einem Kind, und er war geduldig mit sich selbst.

Um seine Augen flimmerte immer noch der Kranz, und er hielt nach nichts mehr Ausschau. Den Horizont sah er nicht einmal mehr als Farbgrenze. Immer öfter überkam ihn eine Schwäche, die für Sekunden alle Kraft raubte, ohne jedoch den Rhythmus der Bewegungen zu unterbrechen. War sie vorüber, blieben Gleichgültigkeit zurück, Ergebenheit und leises Staunen, noch einmal davongekommen zu sein.

Er schwamm, bis die Sonne ihren höchsten Stand überschritt. Alan stellte weder die Zeit fest noch nahm er das Wandern der Sonne wahr. Und doch waren es neun Stunden, seit ihn das Meer in seinen Armen trug. Neun endlose Stunden, ein einziges Leben, ein unendliches Dasein. Die Phantasie war tot, nur selten zuckte noch ein Fieberbild über sein geistiges Gesicht, als ihn jähe Unruhe erfasste. Sein Herz schlug schneller, und der Tanz seiner Augen glitt erneut über die Kämme, suchte in neuen Erwachen. Irre Hoffnungen blendeten ihn, und er konnte des Taumels kaum Herr werden. Es war, als löse er sich von einem Traum, einem bösen, bösen Traum, von dem Durchstandenen, von dem, was ihn noch so gierig festhielt. Fast empfand er es wie Spott, dass er noch schwamm, und seine Angst war ihm lächerlich. Er zwang sich zur Ruhe. Keine Bewegung des Kopfes, kein hastiges Atmen konnte er riskieren. Nur seine Augen erkämpften sich Wege. Er war überzeugt, dass sich ein Schiff in der Nähe befände. Er brauchte nur auszuhalten, um gesehen zu werden. Und dann hörte er tatsächlich das leise Stampfen ferner Motoren. War es Gaukel, hatte ihn die Beherrschung vollends verlassen? Narrte ihn ein unerhörter Schwindel? Er horchte wieder angestrengt und alles schwieg. Nichts war zu erkennen. Dann glaubte er es lauter zu hören als zuvor. Aber es brach ab, noch bevor er sich darauf zu konzentrieren vermocht hätte. Seine Erregung wuchs, sein Kopf drängte nach einer seitlichen Wendung, Arme und Beine wollten schneller rudern. Geduld, Geduld!

Dann dachte er, und es schüttelte ihn vor Enttäuschung, dein Herz, es war dein Herz, was so pochte. Wieder tat sich ein Spalt vor ihm auf, tiefer, tödlicher als je zuvor. Es war die Sekunde, in der er sich aufgab. Er befahl Armen und Beinen einzuhalten, schrie es ihnen in einem schweigenden Krampf zu, will nicht mehr, lasst mich endlich fallen. Er war eine Maschine, der man keine Befehle mehr erteilen konnte. Sein Körper würde erst schweigen, wenn der Kopf tot wäre.

Und da pochte es wieder und schwieg nicht und wurde lauter und blieb und blieb und blieb.

Von der Seite her, nach der sein Hinterkopf wies, kam ein kleines Motorboot gefahren. Es fuhr um ihn herum, so dass er Gerd und zwei andere von Bord erkennen konnte. Sie stoppten den Motor zwei, drei Meter von ihm entfernt. Sie hielten ihm die Pinne hin und er sah das Holz zwischen seinen Händen. Obwohl er das Gesicht nicht verziehen konnte, spürte er von innen her ein schmerzliches Lächeln, wie sollte er wohl...

Arme und Beine bewegten sich ohne Unterbrechung. Die im Boot riefen ihn, aber sein Mund war tot, sein Blick war leer.

Einer sprang ins Wasser, drängte Alan ans Boot und schob ihn mit Hilfe der anderen ins Innere. Er selbst kletterte hinterher. Einer warf den Motor wieder an, und sie legten Alan auf den Rücken. Er spürte nichts. Dann sah er den gewaltigen Rumpf seines Schiffes an der Seite aufragen. Nach ein paar Rufen und Handgriffen wurde das ganze Boot an Bord gehievt. Man schleppte ihn auf eine Matratze, die an Bord lag. Vier, fünf

Männer umstanden ihn und einer sprach auf ihn ein. Alan wollte antworten, aber der Mund war verschlossen. Jemand aus der Küche kam mit einer Kanne gelaufen und einer Tasse. Man zwang den Mund sich zu öffnen und flößte ein wenig Brühe hinein. Alan begann zu husten und man legte ihn auf die Seite, dass er sich beruhigen konnte. Dort sah er eine kleine eingetrocknete Blutlache auf dem Deck und ein paar Tropfen weiter fort. Zehn Schritte von ihm entfernt hockte eine blutverschmierte Gestalt. Es war Charles. Sie drehten Alan wieder zurück. Alle hatten seinen Blick gesehen. Sie fragten: „War er es"? Alan wusste nicht zu antworten, aber es gelang ihm den Kopf zu schütten. Es fühlte sich an, als machten seine Arme immer noch Schwimmbewegungen.

Pina Bausch, Nachruf

Trennung zweiter Art.

...was Pina Bausch's Tod betrifft, hat es mich schwer erschüttert. Ich hatte zwei Begegnungen mit ihrer Truppe und jedes Mal auch mit ihr. Schon das erste Mal hatte ich eine meiner Vorahnungen, die ich dir jetzt etwas komprimiert erzählen möchte.

Damals, das war tatsächlich etwa um 1985 war sie in Hamburg in der Kampnagel mit ihrem Stück "Cafe Müller". Die Karten waren schon lange ausverkauft und ich hatte ca. zwei Stunden vor Beginn eine meiner Eingebungen "...nun kannst du hingehen, es liegt eine Karte für dich bereit." Das hat mich nicht überrascht und ich bin hin zur Kampnagel-Fabrik. Dort war alles an der Kasse leer, nur ein Student oder so, saß da noch herum. Ich bin zu ihm rein und brauchte nicht zu fragen sondern er bot mir sofort eine Karte an: "Die ist eben zurückgegeben worden. Die können Sie haben."

So bin ich also da rein gekommen und war total fasziniert von einer für mich neuen künstlerischen Welt. Sie tanzte mit und auf Stühlen. Ich dachte immer, dass Neumeier Neues brachte, aber sie setzte allem die Krone auf. Noch in der Nacht habe ich ihr ein seitenlanges Gedicht meiner neuesten Fassung zugesandt und natürlich nie wieder etwas von ihr dazu gehört.

(Cafe Müller, gewidmet Pina Bausch, 09.1984)

Deine Brüste waren schlaff
Und ausgetrunken hatten sie dein Herz,
Es schwoll trotzdem und schickte heiße
Boten aus mit freundlichen Geschenken,
Und ich nahm, was du mir gabst, und gab mich
Auf den flachen Boden,
Und die Tänzerin, die aus dir stieg, lief über mich,
Und ihre Füße traten nicht auf mich,
Du warst mir lieb,
Ich stemmte dich mit meinen
Händen hoch zu mir und räumte in dem Saal voll
Leerer Stühle deinen freien Weg,
Und ich verwarf die Sitze und die Tische,
Und du solltest dich hier nicht verletzen,
Und du liefst an eine harte Wand,
Die konnte ich nicht schnell genug
Versetzen.

Ich griff ganz fest um deinen Leib,
Du hättest schreien müssen,
Denn ich schlug die Pflöcke
Tief in dich,
Und du warst fest entschlossen,

Und den Preis, den du vergeben wolltest,

Kannten wir, er war bereits vergeben,

Und ich hob dich hoch,

Und du hobst mich,

Ich warf dich an eine

Mauer neben uns, so wie du mich,

Die nahm nichts an

Und lehnte auch nichts ab,

Und lange schöpfte ich an dir.

Wir suchten in dem großen Saal

Nach uns vertrauten Spuren,

Und die Füße hielten wir ganz nah am

Boden, der war schmutzig,

Und er färbte unsre Sohlen schwarz im

Kuss,

Und deine Augen waren dir verschlossen in der

Hoffnung,

Und es räumte keiner auch nur eines dieser

Hindernisse an die Seite,

Und sie mussten dich ja in die

Irre leiten.

Im Jahr 1991, das war im März, musste ich in die Nähe von Wuppertal, um meine mündliche Prüfung für meinen Sicherheitsingenieur zu machen. Aus ganz Deutschland waren etwa 65 Personen eingeladen, und ich dachte sofort an P.B. Die Prüfung konnte mich nicht schrecken, weil ich einfach alles wusste, und eine Wissensprüfung sowieso nicht erfolgen sollte. Schon als ich in dem kleinen Ort, noch vor Elberfeld, ankam, hatte ich nur noch sie im Kopf. Am nächsten Tag bin ich also zu einem Reisebüro und der gleichzeitig einzigen Vorverkaufsstelle gegangen, um mich nach einer Möglichkeit zu erkundigen. Dass sie etwa nicht spielen würde, kam mir nicht in den Sinn. Das Geschäft hatte noch auf, und es hing eine Vorankündigung im Fenster. Darauf stand sie als Ankündigung für eine der nächsten Tage mit dem Stück: "Nelken", Ende offen, wegen der freien Inszenierung, Dauer mindestens zweieinhalb bis dreieinhalb Stunden, und, zu meinem Schrecken, handelte es sich um eine geschlossene Gesellschaft, alles Banker. Der Verkäufer machte mir keine Hoffnung: "Das können Sie wirklich vergessen, die sind alle unter sich." Punktum. Die Vorstellung sollte am nächsten oder übernächsten Tag um 20.00 Uhr beginnen. An dem Abend so gegen 18.00 hatte ich wieder eine meiner Eingebungen: "Du kannst jetzt ganz ruhig losfahren, es ist alles in Ordnung und sehr schön vorbereitet." Von nun an lief alles wie von Geisterhand. Ich erkundigte mich, wie ich nach Wuppertal käme und wo so etwas stattfindet. "Die tanzt immer in der

Oper. Erst nehmen Sie den Bus nach Elberfeld und dann die Schwebebahn bis Sie die Oper sehen, die kann man nicht übersehen." Als ich beim Bushalteplatz ankam, traf gerade der Bus ein und fuhr gleich los. Die Zeit rann mir unter den Fingern davon. In Wuppertal-Elberfeld bin ich in die Schwebebahn, die nur auf mich zu warten schien. Trotzdem war ich erst so um 20.20 Uhr an der Oper. Ich hatte zwar oft gefragt, nach der Station usw. aber man hat mich immer beruhigt: "...die ist nicht zu übersehen." Ok. An der Oper stieg ich aus und ging über einen menschenleeren, wirklich menschenleeren Platz und schaute in eine große Eingangstür. Es war niemand zu sehen. Dann ging ich weiter zu einer anderen Tür und sah ziemlich weit hinten, im Dunklen, so eine Art Bedienung stehen. Es waren drei oder vier Garderobenfrauen, die mich gebannt anschauten. Ich bin auf die zu, und eine sagte zu mir: "Sie haben Glück, da drinnen ist noch eine Demo. Sie haben nichts versäumt." Eine andere nahm mir meinen Mantel ab, gab mir eine Marke, und eine dritte öffnete vorsichtig eine Besuchertür, wies auf einen Platz am Rand in der vierten oder fünften Reihe und wünschte mir viel Spaß. Da habe ich mich hingesetzt und der Pinguin neben mir sagte: "Es soll jetzt gleich losgehen. Bisher gab es gar nichts besonderes."

Ich habe dann P.B. und ihre Tanzgruppe ein zweites Mal gesehen und war wieder total aufgeregt. Nach etwa eineinhalb Stunden wurde alles unterbrochen und die Banker überreichten ihr einen Preis, den sie an die Folkwang-Tanzschule weitergab. Das dauerte sehr lange und danach ging es bis zu einem vorzeitigen Ende weiter. Dann rief man auf zu einem kleinen Bankett mit Sekt usw. Ich habe mich aber abgesetzt, um den letzten Bus noch zu bekommen. Das hat alles sehr gut geklappt. Zuvor, in der Schwebebahn fragte mich ein Herr, der ebenfalls vorzeitig gegangen war: "Berichten Sie auch für eine Zeitung oder so?" Ich habe ehrlich geantwortet, dass ich nur durch Zufall dabei gewesen sei. Das hat ihn aber nicht weiter berührt.

Ja, lieber Leser, das waren meine beiden Begegnungen mit P.B.

Vom Sterben nach dem Tod

Trennung dritter Art.

Sie fordern mich also auf, die ganze Geschichte, nein, eigentlich den Schluss der Geschichte zu erzählen.

Dabei muss ich zugeben, dass ich gerne sagen würde, dass ich dafür gar keine Zeit hätte oder so etwas ähnliches. Ja, Sie haben recht, es geht oder ging schließlich um meinen Bruder, einen meiner Brüder. Wir sind ja fünf Geschwister. Waren es. Wie alt mein Bruder war, als es passierte? Warten Sie. Das war vor eineinhalb Jahren. Da war er 52. Sehen Sie, wir stammen aus einem Hause, wo jeder seiner eigenen Wege gehen konnte. Ich meine nicht nur im Alltag, sondern auch in seinen Gedanken. Das mag an der Zeit gelegen haben, aber mit Sicherheit auch an der oder nicht vorhandenen Erziehung, oder, heute würde ich sagen, es lag an der Seelenlosigkeit des Umganges, den wir Kinder miteinander hatten und, während des Krieges und der ersten fünf Nachkriegsjahre, als mein Vater noch in der russischen Gefangenschaft war, an der Seelenlosigkeit des Umganges der Mutter mit den Kindern und noch später an der von beiden, nämlich Vater und Mutter. Nein, Sie dürfen nicht denken, dass ich Vorwürfe erheben möchte. Lassen Sie mich Ihnen drei Beispiele geben:

Mein ältester Bruder, also der, um den es hier geht, goss sich als Jugendlicher Spiritus über die Hand und auf die Oberschenkel und zündete sich an. Wir kannten ihn und erschraken nicht. Die kleinen bläulichen Flammen auf seiner Haut konnte er immer wieder löschen.

Mit der Hand machte er zwei, drei schnelle Bewegungen und schüttelte die Flamme aus. Es roch etwas nach verbrannten Haaren. Mein Bruder war wortkarg. Auf Fragen antwortete er nur, wenn er wollte. Nein, er sagte immer, dass er keine Schmerzen empfände. Er stach sich auch eine feine Nadel senkrecht in den Oberschenkel.

Eine andere Geschichte erfuhr ich vor noch gar nicht langer Zeit aus dem Munde meiner Mutter, als sie mit etwas Stolz in der Stimme erzählte: "Meine eignen Kinder habe ich nie auf dem Schoß gehabt. Das müsst ihr doch noch wissen. Dafür hatten wir immer eine Kinderfrau." Meine Kindheit zeigt mir noch meinen andren Bruder. Der saß oben im zweiten Stock unseres Hauses dauernd vor dem Küchenfenster und malte die gegenüber liegende Kirche. Wir Geschwister unterhielten uns wenig miteinander. Sehen Sie, darin, und in vielen anderen Begebenheiten, erkenne ich heute, im Nachhinein, eine gewisse Seelenlosigkeit. Ich selbst neige dazu. Meinen Sie nicht? Na, Sie können das nicht beurteilen, aber ich bin auch ein Einzelgänger oder besser ein Eigenbrötler. Bin zum Beispiel gern' allein. Sehr gerne. Na ja, wir werden das Gespräch schon zu Ende führen. Bestimmt. Wenn ich auch der Meinung bin, dass ich erstens kaum etwas dazu sagen kann, und es Sie ja eigentlich auch wenig angeht. Nein, ich möchte Ihr Interesse daran wirklich nicht erfahren.

Damals rief mich meine Schwester an und lud mich zu einem Konzert ein. Ihre Tochter war auch dabei. Sie hat zwei bildschöne Töchter. Für meine Begriffe bildschön. Sie sind zart mit feinen Gesichtszügen. Das muss ich deswegen sagen, weil ich an interessanten Gesichtern "kleben" bleibe und viel zu lange hinschaue. Ich bin aber oft so fasziniert, auch von den Bewegungen, dass ich mich leicht verliere. Das hat mit Begehren oder so etwas überhaupt nichts zu tun. Es ist eine Art Studium am Objekt. Ich würde zu gerne malen, Natürlich. Entschuldigen Sie, das gehört nicht hierher. Nach dem Konzert gingen wir drei in ein sehr schönes Restaurant in einer großen Hotelhalle in der Innenstadt, und ich musste meiner Schwester noch vor dem Eingang einfach sagen: "Dafür hab' ich kein Geld." Die beiden Frauen lachten. Ich mag mich nicht gerne aushalten lassen. Meine Schwester, ihre Tochter und ich bestellten einen kleinen Nachtteller, mit Salat und wenig Fleisch. Ich meine, es gab auch Wein dazu. Meine Schwester ist in meiner Erinnerung nicht die "liebe Schwester", sondern die herum erziehende Schwester gewesen. Deshalb sind wir uns viele Jahre etwas aus dem Weg gegangen. Mir fiel nun auf, dass sie sehr viel redete und sich in einem Gespräch mit ihrer Tochter verfangen hatte. Zu mir gewandt sagte sie plötzlich: "Sag' doch auch 'mal 'was dazu. Es ist doch auch dein Bruder." Ich nahm mich zusammen, auch weil ich mich in der Umgebung nicht wohl fühlte. Meine Schwester redete schon wieder. Es ging um meinen ältesten Bruder. Verstehen

Sie, sie sprach mich an, aber gab auch die Antworten selbst. Mein ältester Bruder war ihr in seinem Verhalten aufgefallen. Er war ihr zu still geworden und zu zurückgezogen vorgekommen, als wir alle, also Geschwister mit Anhang, kürzlich bei ihr zu Besuch gewesen waren. Sie sagte nun: "Man muss doch irgendetwas für ihn tun können." Ich platzte dazwischen. Ja, so bin ich, und daran sehen Sie meine eigene Kälte, Gefühllosigkeit: "Was willst du machen, was könnten wir tun. Er lässt doch niemanden an sich heran. Er erzählt nichts von sich. Wir wissen nichts von ihm. Viel zu wenig jedenfalls. Kaum, dass ich ihn noch besuche. Und ganz ehrlich, ich habe auch gar kein Verlangen danach." Meine Schwester gab nicht auf: "Er ist doch unser Bruder." Ich wieder: "Er lässt sich einfach gehen. Dem ist doch wirklich alles egal. Wenn ich mich so verhalten würde, könnte ich gleich einen Strick nehmen." Meine Schwester: "Meinst du, er könnte sich etwas antun?..oder würde?" Hören Sie gut zu. Ich sagte: "Das weiß ich doch nicht, und wenn er sich aufhängt, kannst du auch nichts machen und ich auch nicht. Oder willst du zu ihm hinfahren. Dann müssen wir jetzt sofort aufstehen, ins Auto steigen, ihn aus dem Bett holen und Händchen halten." Die Tochter kam dazwischen: "Man kann euch gar nicht zuhören. Mir wird richtig schlecht von eurem Gerede." Meine Schwester sagte, und glauben Sie mir, es ist die reine Wahrheit: "Meinst du, dass er sich aufhängen wird?" Und ich Idiot sagte: "Das weiß ich doch wirklich nicht. Vielleicht. Vielleicht nimmt er

Tabletten. Vielleicht ist er auch glücklich so. Ich weiß es nicht. Ich kann es nicht wissen! Ich habe keinen Zugang zu ihm." Der Abend war schlimm. Sehen Sie, meine Phantasie ist mein Nachteil. Vielleicht bin ich meinem Bruder aber auch zu ähnlich, oder er mir. Von nun an dachte ich den ganzen Abend immerzu ans Aufhängen. Wie das funktioniert, meine ich. Ich dachte an Einzelheiten, die zur Hand oder vorbereitet sein müssen. An den Entschluss, es zu tun, dachte ich dabei nicht eine Sekunde, obwohl es eigentlich das Wichtigste sein müsste.

Wir trennten uns vor der Haustür meiner Schwester. Ich machte von dem Abend noch ein paar Notizen und eine kleine Zeichnung, was ich wirklich nur gelegentlich mache. Hier, sehen Sie. Ja, die Skizze zeigt uns am Tisch. Zuhause trank ich noch ein Glas Wein und ging dann schlafen. In meinem Kopf arbeitete es weiter. Gegen 23.40 Uhr habe ich mich hingelegt und gegen 0.30, also nicht einmal eine Stunde später, bin ich wieder aufgestanden, weil ich mich nicht ertragen konnte. Im Halbschlaf hatte ich fortwährend den Gedanken, mich aufzuhängen. Ich konnte ihn nicht loswerden, Im Traum suchte ich zunächst nach einem Seil, nach einem geeigneten Seil. Ich verfiel auf das Autoabschleppseil, weil sich daran so eine gebogene Stahlschlaufe befand, durch welche das Seil gut rutschen konnte. Ich suchte dann nach einem Haken, um das Seil zu befestigen. Nirgends fand ich etwas Geeignetes, so dass ich die Bohrmaschine holen wollte, um einen Haken anzubringen. Mein Blick fiel auf eine Wasserleitung. Die verlief über einem kleinen Schacht im Keller. Alles war plötzlich wie vorbereitet. Von nun an erinnerte ich mich nicht mehr an Einzelheiten sondern an den Satz: "Ich erhänge mich." Nichts weiter. Dieser Traum wiederholte sich ein zweites und wenigstens noch ein drittes Mal. Ich wurde schließlich wach, hellwach, stand auf und spottete innerlich über mich, dass ich mich durch das "Gefasel der Weiber" in eine derartige Unruhe hatte versetzen lassen. Meine Frau war verreist, ich war ganz allein in dem Haus. Ich schaltete den Fernseher ein. Daher weiß ich auch die genaue Uhrzeit. Der Apparat lenkte mich ein wenig ab, und ich konnte schließlich einen neuen Anlauf nehmen. Morgens stand ich früh auf. Ich hatte diese Tage frei oder Urlaub und hielt mich im Hause auf. Spätestens gegen 10.00 Uhr rief mich mein jüngster Bruder an. Er war in der Firma. Er sagte gleich: "Du, es ist etwas ganz Entsetzliches passiert. Unser ältester Bruder hat sich aufgehängt." Er sagte nicht den Namen unseres Bruders, sondern er umschrieb ihn, indem er sagte: unser ältester Bruder. Ich sagte: "Nein," aber in meinem Kopf sagte es: Ja. Er sagte dann: "Jemand muss zu B. Es muss sofort etwas gemacht werden." Ich sagte. "Das ist ja furchtbar, was sollen wir denn machen?" Hören Sie zu, wie kopflos man sein kann. Mein Bruder sagte: "B hat mich eben angerufen, sie weiß nicht, was sie machen soll. Er hängt vor ihrem Wohnzimmerfenster an der Kinderschaukel. Im

Nachthemd.." Ich wieder: "Hat denn die Polizei oder ein Arzt.... " Er: "Du kennst sie doch. Sie ist eben erst aufgestanden und hat das gesehen." Ich sagte also: "Gut. Ich kümmere mich darum." Er wieder: "Würdest du zu ihr fahren? Du bist doch der einzige, der Zeit hat." Ich war auch durcheinander, denn ich fragte ihn nach der Anschrift meines Bruders. Die hatte er parat. Dann legten wir auf, und ich rief die Polizei an. Eine ruhige Stimme war in der Leitung. Ich erklärte, was ich wusste und dass ich hinüberfahren würde.

Es waren knapp sieben Kilometer, also keine Entfernung mit dem Auto. Ich verstehe Sie. Ich weiß genau, was Sie sagen wollen und weswegen Sie möchten, dass ich Ihnen alles erzähle. Alles jedenfalls, was ich weiß. Ich komme noch auf den Punkt. Ich glaube, wir sind schon nahe dran. Sie müssen auch ... Nein, Sie müssen gar nichts. Also, ich stieg ins Auto und fuhr hinüber. Ich konnte mich nicht in die Lage der Frau versetzen. Ich weiß nicht, wie es ist, wenn der Ehemann vor dem Wohnzimmerfenster erhängt ... Ich meine, das Gefühl habe ich doch nicht nachempfinden können, oder? Meine eignen Gefühle? Darüber sprechen wir ja gerade. Das Bild von dem und die Unsicherheit über das, was mich wohlmöglich erwartete, setzten mir arg zu. Ich hatte wenig Mut zu dem Besuch, das gebe ich zu. Als ich schließlich ankam, wurde mir von einem der Kinder geöffnet. Es war der älteste Junge. Er hatte keine Tränen in den Augen. Auf der Straße, etwas abseits, hatte ich ein Polizeifahrzeug erblickt. Es fiel nicht weiter auf, stand wie zufällig da, so dass ich es fast übersehen hätte. Ich wusste nicht, was ich dem Jungen sagen sollte und fragte nach seiner Mutter. "Die sitzt im Zimmer." Also im Wohnzimmer, dachte ich. Ich ging hinein. Unerwarteter weise saß mein jüngerer Bruder, also der, der mich angerufen hatte, schon bei ihr. Er war also doch gefahren. Wenig später traf meine Schwester ein. Beim Eintreten hatte ich sofort verstohlen aus dem Fenster geschaut. Die Schaukel war leer. Ich wagte nicht nachzufragen. Als ich dann auf meine Schwägerin sah, die mit verquollenen Augen einerseits abwesend zu sein schien und andrerseits hilflos nach einem festen Punkt Ausschau hielt, überkamen mich auch die Tränen. Ich beugte mich zu ihr hinab und nahm sie, so gut es ging, in den Arm. Wir stellten uns beide sehr ungeschickt an. Ich glaube, es war das erste Mal überhaupt, wenn man von einer "Umarmung" bei irgendeinem Tanz einmal absieht. Immerhin kannten wir uns schon über zwei Jahrzehnte. Es ist doch kaum zu glauben, nicht wahr? Sie fasste sich angenehm an. Mir fiel dabei eine Kuriosität aus meinem Elternhaus ein: Zwischen den Eltern und den Kindern, sowie den Kindern untereinander hat es nie körperlichen Kontakt gegeben, wie zum Beispiel einen Händedruck, einen Kuss, Wangen streicheln, auf den Rücken klopfen, gegenseitiges Waschen. Die Ausnahmen waren die eigentliche Kuriosität. Die erste: mein Vater schlug uns Kinder, natürlich nur die Jungen, mit dem Stock, und zwar häufig. Die zweite waren mein jüngster und mein ältester Bruder, die sich des Öfteren gegenseitig, wegen eines genüsslichen Wohlbefindens, den Rücken "kraulten". Über meine Schwägerin gebeugt, sagte ich in ihr Ohr: "Es reicht doch, wenn einer von uns beiden weint." Ich schämte mich einfach. Sie lächelte schwach und hatte mich sicher nicht verstanden. Ich dachte, es ist nicht wahr, dass du weinst. Gib es wieder auf. Achte auf alles, was du siehst und sag' nicht diesen blöden Satz zu der Frau: 'Wenn ich dir helfen kann, dann lass es mich bitte wissen.' Etwas Einfallsloseres kann man, finde ich, wirklich nicht sagen. Ich hörte meine Schwägerin "Lass bitte nicht den Hund raus. Er läuft sonst wieder gleich dahin."

Jetzt erst nahm ich bewusst den Polizisten auf dem Sofa wahr. Er hatte bis dahin geschrieben, sah nun auf zu mir und sagte erklärend: "Der Verstorbene liegt im Garten noch unter einer Plane. Wir müssen auf die Kollegen von der Spurensicherung warten. Dann wird er abgeholt. Das wird noch etwas dauern." Mein Bruder lag also draußen im Garten im Nachthemd tot unter einer Plane. Der Polizist fragte, ob es irgendwelche Gründe oder einen Abschiedsbrief... Also, wissen Sie, innerlich musste ich lachen. Da gab es doch keine Gründe, außer eben den Gründen. Einen Brief hatte es doch nicht geben können. Warum wohl auch. Der Polizist war jung und er sprach sehr gedämpft. Ich bewunderte ihn. Ich dachte mir, er macht seine Sache gut. Er muss ja diese Sache abwickeln. Dabei hat er Ziele zu erreichen. Für ihn muss es doch heißen: erstens die Leidtragenden richtig einschätzen. Er kann nicht wissen, ob die trauern, wirklich trauern oder heucheln, ob sie vielleicht die allerschlimmsten Gründe zur Trauer haben. Er muss neutral, gefühlsbetont, aber sachlich und ruhig seine Fragen stellen und zwar so, dass er auch eine Antwort erhalten kann und ihm nicht die Angesprochenen vor Rührung und Tränen zerfließen, oder ihn wegen einer Unterstellung oder einer ganz direkten Frage, wie: 'Können Sie sich erklären, warum Ihr Mann sich selbst das Leben genommen hat,' missverstehen und wütend werden. Er muss natürlich darum bemüht sein, alles schnell und richtig zu tun, was polizeilich oder ermittlungstechnisch, ich weiß nicht, wie es richtig heißt, gemacht werden muss. Es dürfen ihm später nicht Antworten fehlen. Man darf nicht vergessen, dass dieser Polizist, wenn er in sein Auto steigt, möglicherweise zum nächsten Unglücksfall fahren muss. Wahrscheinlich hat er so eine Art Strategie. Schon beim Betreten des Hauses muss er sich seinen Rückzug sichern. Bedenken Sie doch, dass es leicht vorkommen könnte, dass ihn jemand am Fortgehen zu hindern versuchen wird. Schließlich zeigt er doch beim Verlassen des Hauses, durch sein Abschied nehmen die Unumgänglichkeit der Situation, deren Endgültigkeit auf. Er zieht, durch sein Weggehen, einen sichtbaren Schlussstrich. Das ist doch sicher bitter für viele, oder? Ich sah wieder auf die weinende Frau. Ich nahm sie in Schutz und dachte mir, dass nicht nur Selbstmitleid und Trauer sondern das Gefühl des Verlustes und zwar des Verlustes an eigener Substanz, an eigenem Leben, sie erschüttern musste. Ihrem Leben musste doch etwas genommen worden sein. Sie selbst musste ein Stück gestorben sein. Natürlich wusste ich nicht, ob es stimmen konnte und was vielleicht in ihr gestorbenen, in ihr getötet worden war. Viel später erst würde sie die Größe der Wunde erkennen können. Die Wunde wird dann zum eigentlichen Schmerz. Ich neigte dazu, ihn in diesem Augenblick mit dem Schmerz einer unerfüllten, aber sonst maßlosen Liebe zu vergleichen. Eine solche Wunde heilt nie, schmerzt immer und erhält im besten Fall einen dünne Haut. Jetzt, im Augenblick des Entstehens, war dieser Schmerz noch ein ferner Schmerz, ein unpersönlicher sich aufdrängender Besitz. Irgendwann wird er dann zum Begleiter, zur Tatsache, und man wird selbst Wunde und Schmerz und beginnt zu begreifen. Schmerz dieser Art ist ein, wenn Sie diesen Ausdruck bitte gestatten, ohne ihn missverstehen zu wollen, ist im wahrsten Sinne 'ehebrecherisch', ein Betrug, der nicht passieren darf und der so alt ist, wie Schmerzen bewusst sind. Meine Schwägerin erzählte dem Polizisten: "Letzte Nacht ist er wieder aufgestanden. Unser Ältester war so laut in seinem Zimmer. Er ist zu ihm hinüber gegangen und hat gesagt: 'Du bist genauso rücksichtslos wie mein Vater'. Der Junge hat doch seinen Großvater nie gekannt." Wissen Sie, mit dieser Bemerkung traf sie mich. Über meinen Vater sprach ich nie gerne. Ein für mich dunkles Kapitel, ein freudloses. Ein Vater, der nur feststellen konnte: 'Ihr habt ein Dach über dem Kopf.. Solange ihr in meinem Hause lebt, wird gemacht, was ich sage ... wem es hier nicht passt, der kann gehen. Ein Vater, der immer recht hatte, immer alles besser wusste und ein Besserwisser in jeder Beziehung war.. Ich will es nicht vertiefen, weil ich mir denke, dass es nicht gut ist, so an sein Zuhause denken zu müssen. Nein, Erfreuliches weiß ich nicht zu berichten.. also ich sage es ungern, aber meine Eltern sind für mich in jeder Beziehung fremde Menschen gewesen und geblieben.

Mutterliebe, Vaterliebe sind für mich inhaltslose Worte. Natürlich kenne ich auch keine Heimatgefühle, Vertrauen in die Geborgenheit einer angenehmen Wohnung, in deren Behaglichkeit zum Beispiel, Noch heute kann ich auf alles völlig verzichten. Ich hänge an gar nichts. Wenn jemand von seinem Zuhause schwärmt, sind das für mich fast lächerliche Gefühlsäußerungen.

Sie glauben natürlich, dass ich im Nachhinein alles verfärbt sehe. Aber über diese Geschichte aus meiner Jugend, damals war ich gerade dreizehn Jahre alt, können Sie ja selbst urteilen: Es war so, dass ich schon in diesem Alter abends gerne lange ausblieb. Am liebsten wäre ich für immer fort geblieben. In der Praxis sah das nun so aus: Mein Vater hatte verkündet, wer achtzehn ist, darf rauchen und bekommt einen Haustürschlüssel. Davon profitierte zunächst nur meine Schwester. Die war aber ohnehin immer rechtzeitig zu Hause, das heißt vor 22 Uhr. Das erwartete man einfach. Um 22 Uhr wurde die Haustür dann von innen abgeschlossen. Der Schlüssel blieb stecken. Mein Vater sagte: 'Wer um zehn nicht zu Hause ist, muss sehen, wo er bleibt.' Für mich war es normal, mindestens zweimal in der Woche erst gegen 24 Uhr von Freunden nach Hause zu kommen. Manchmal wurde es auch ein Uhr. Im Hause gab es keine Kontrollen. Mein Vater meinte das, was er sagte. Es war also gleichgültig, ob die Familie vollzählig war oder nicht. Ich kam nun aber verspätet heim. Das lief dann so ab: Von der Längsseite des Hauses entnahm ich eine lange Holzleiter und stellte die an das Haus. Sie reichte gerade bis zum Fenstersims des Zimmers, das ich mir mit meinem jüngsten Bruder teilte. Es lag im ersten Stock. Mein Bruder hatte die Fensterklappe, eine kleine Luke, offenzuhalten. Hatte er das vergessen, weckte ich ihn durch Klopfen. So stand ich also auf der obersten Sprosse, langte durch die kleine Öffnung und machte das Fenster von innen her auf. Die Fensterflügel klappten in das Zimmer. Ich stieg ein, schloss hinter mir alles wieder zu und ging durchs Haus in den Keller, also an die Kellertür. Dabei brauchte ich nicht etwa leise zu sein. Ich schloss dann die Kellertür auf, ging hinaus, schleppte die lange Leiter fort, sie war etwa sieben Meter lang, ging dann auch ins Haus, schloss endgültig ab und ging ins Bett. Ich fand alles ganz normal.

Als meine Schwägerin mich, über die letzten Worte meines Bruders, an meinen Vater erinnerte, schossen mir natürlich diese Geschehnisse durch den Kopf. Ich dachte auch so: Erinnerungen zwingen sich einem auf. Merkwürdig, dass man sich Erinnerungen nicht aussuchen kann. Wissen Sie, mein Leben ist, um es auf einen Nenner zu bringen, ohne jede Liebe verlaufen. Ich verglich das Leben meines Bruders mit meinem ... Und wo waren nun die Unterschiede? Verstehen Sie, dass mir sein Tod 'normal' vorkommt? Nein, was Sie da sagen, stimmt nicht. Es war ja kein Freitod oder freier Tod. Dieser Selbstmord war ein ganz normaler, zwangsläufiger Tod, ein Zwangstod, der mit nichts zu vermeiden war. Nein, ich bin noch nicht bei der Frage nach einer Schuld.

Später, ich greife jetzt ein wenig vor, als die Beerdigung war, wurde ich auch nach möglichen Gründen gefragt. Was hätte ich sagen sollen. Ich antwortete: 'Ja, ja, Es ist für alle unfassbar, aber er litt an Depressionen. Das wurde sofort verstanden. Es wurde dann noch gefragt, ob er in Behandlung gewesen sei. Darauf antwortete ich, dass mein Bruder an 'tiefen Depressionen' gelitten habe. Damit erschlug ich jede Rückfrage. Es wurde höchstens noch zustimmend genickt. Nun kannte man sich offenbar aus. Es ist klar, dass ich gelogen hatte. Bei dem Leben das hinter uns lag, konnte man doch nur von Deformationen, verstehen Sie, ganz simplen Verformungen reden, von Verkrüppelungen und einer ungeheuren innerlichen Austrocknung, die natürlich, ganz natürlich, zum Vertrocknen führen mussten. Aber zurück. Meine Schwägerin erzählte weiter: "Es war ja nicht an ihn heranzukommen. Oft stand er nachts auf und ging ins Wohnzimmer. Anfangs hatte ich noch nachgesehen, was er dort machte. Wenn ich in das Zimmer kam, war alles Dunkel und es dauerte, bis ich ihn am Fußboden ausmachte. Er hockte dort nur und sah in die Dunkelheit. Licht mochte ich nicht machen. Ich ließ ihn einfach da. Was blieb mir übrig. Letzte Nacht war es wieder so. Ich dachte gleich, jetzt geht er wieder ins Wohnzimmer." Der Polizist fragte, wann denn das gewesen sei. "Das war genau um fünf Minuten nach zwölf." Nach einer kleinen Pause: "Er wird dann gleich in den Garten gegangen sein." Ich dachte sofort an den letzten Abend mit meiner Schwester und ihrer Tochter und an meinen Traum um diese Uhrzeit. Zu meiner Schwester wagte ich nicht hinüber zu schauen. Vielleicht erging es ihr, wie mir. Vor meinen Augen tauchte ein Gemälde auf, welches nur noch aus zwei aufeinander liegenden Farbblöcken bestand. Das, dachte ich, ist Deformation.

Hilfe konnten wir meiner Schwägerin zunächst nur bei der Abwicklung der vielen Dinge sein, die nun auf sie zu kamen. In der Familie blühte eine Art Solidarität auf. Man tat, was getan werden musste und zwar mit Anstand und ohne Tränen. In einem späteren Gespräch mit meinem jüngeren Bruder fiel eine Bemerkung. Er sagte, fast beiläufig: "Dies war ja wohl der zweite Versuch bei ihm. Und wenn es nicht geklappt hätte, hätte er es doch wieder versucht." Davon war ich betroffen und sprachlos. Er sah in mein Gesicht und sagte weiter: "Na, du weißt doch, dass er vor drei Jahren wegen seiner Tablettenabhängigkeit über ein viertel Jahr im Krankenhaus gelegen hat. Und hinterher war er doch fast ein halbes Jahr aus dem Beruf." Ich musste immer noch entgeistert gucken, denn er sagte: "Mann, du hast ihn doch selber dauernd besucht. Im Krankenhaus. Hast du das vergessen?" Ich sagte schnell: "Nein, nein, das stimmt, du hast recht, aber eine Verbindung habe ich da nicht gesehen." In Wahrheit war mir nie der Gedanke gekommen, dass er sich damals schon hatte umbringen wollen. Es wäre eine zu große Tragik damit verbunden gewesen. Stellen Sie sich vor, ich hätte das damals bereits vermutet oder die Gewissheit über seine Absicht gehabt. Ich hätte ja pausenlos diese Angst, diese Bedrohung vor mir gesehen, diese Furcht, dass er sich erneut etwas antun würde. Ich fragte zurück: "Hat seine Frau das denn etwa auch geahnt?" Er: "Das weiß ich doch nicht." Dann: "Vielleicht hat ihr der Arzt das anvertraut. Ja, ich glaube, ich weiß es sogar von ihr. Er ist in diese Abhängigkeit geschliddert. Morgens hat er Tabletten gebraucht, um seinen Beruf ertragen zu können. Tagsüber musste er sich mit anderen Tabletten beruhigen und abends konnte er ohne Tabletten nicht schlafen. Sie hatte überall in der Wohnung Tablettennester entdeckt. Es müssen ja wohl Hunderte von Tabletten gewesen sein. Die lagen überall in der Wohnung. Natürlich versteckt. Auf seinem Arbeitsplatz lagen sie auch schachtelweise. Als Arzt hat er sie sich ja sehr gut selbst verschreiben können". Ich schwieg meinen Bruder an. Glauben Sie mir, ich hatte erstens diesen Zusammenhang nicht erkannt und hatte zweitens seinerzeit, als er im Krankenhaus lag, nicht eine Sekunde an so etwas gedacht. Ich war nun über meine eigene Betroffenheit erstaunt. Nie im Leben würde ich mir Gedanken darüber machen, warum jemand im Krankenhaus liegt. Man liegt dort eben. Das heißt nicht, dass ich es nicht bedauern kann, aber nach Gründen forsche ich nicht. Ich gebe zu, dass ich im Grunde Angst habe, von den Gründen und noch mehr, von der Krankheit selbst etwas zu erfahren. Wenn jemand mir von seiner Krankheit erzählen will höre ich entweder zu, jedenfalls tu ich so, oder ich sage ganz krass: 'Erzähl' mir bloß nichts von deiner Krankengeschichte, sonst geh' ich sofort wieder.' Dahinter steht, dass ich die Leiden anderer Menschen nicht ertragen kann. Sehen Sie, das ist meine Mentalität.

Als wir noch bei meiner Schwägerin im Zimmer saßen, wurde auch beschlossen, der kleinen Tochter meines Bruders, die auf einem Reiterhof Ferien machte, noch nichts zu sagen. Zwischen ihr und ihrem Vater muss eine sehr vertrauliche, wenn auch nicht innig herzliche Beziehung bestanden haben. Das ist etwas, was ich sehr gut nachempfinden kann. Ich erfuhr weiter bei dieser, oder war es bei einer anderen Gelegenheit, dass sich mein Bruder dieses Mädchen sehr gewünscht hatte. Es war sein drittes Kind. Jetzt gerade neun Jahre alt. Zu seinem zweiten Kind, einem Jungen, der dazwischen lag, soll er aus diesem Grunde ein unschönes, geradezu ablehnendes Verhältnis gehabt haben. Kinder spüren das doch sehr genau. Sie nehmen diesen Zustand zwar nicht als veränderbar, durch sie veränderbar hin, aber sie leben nicht nur mit, sondern auch gegen ihn. Wissen Sie, ich selbst habe eine Tochter verloren. Ihr plötzlicher Tod hat einen fürchterlichen Schmerz hinterlassen, der mir die Liebe meines Bruders zu seiner Tochter ganz und gar erklärt. Sie meinen nun natürlich, dass es um so unverständlicher war, dass er sich trotzdem... Sie vergessen, dass ich Ihnen sagte, wie innerlich ausgetrocknet, völlig verdorrt er war, dass der Zwang zu sterben auf ihm lag, ja lastete. Das Leben seiner Tochter und seine Liebe zu ihr konnte er nur noch aus einem vorbeifahrenden Zug heraus wahrnehmen. Eine wahre Verbindung konnte es schon nicht mehr geben.

Nach der Beerdigung, als wir uns, vor allen Dingen seine Familie sich mit dem Zustand abzufinden hatten, wollte jemand, genau wie Sie nun, wissen, wie ich das ganze verkraftet hätte. Die Frage rührte aus dem Umstand, dass man an mir, wie an den anderen Familienmitgliedern, also meinen Geschwistern, keinerlei Zeichen von Trauer und Traurigkeit finden konnte. Wie hätte ich eine derartige Frage beantworten sollen. Ich blieb darauf stumm. Darauf hatte ich nichts zu sagen. Anders als Sie, fragte man nicht nach. Aber Sie sehen hoffentlich, dass es eine einfache Antwort nicht geben kann. Meine Antwort müsste sein: 'Mein Leben.' Mein

Leben ist die Antwort. Aber wer sollte das nun wieder verstehen. Also schwieg ich. Ich sah nur den Frager an und musste mich dann abwenden. Ob ich später deswegen noch einmal geweint habe? Auch darauf keine direkte Antwort. Es ist aber folgendes passiert:

Mein Bruder trug zu Lebzeiten ein kleines Lippenbärtchen. Nicht erwähnenswert, aber es wurde für mich bedeutend. Früher behauptete ich von Männern mit Bärten, dass die alle irgendwelche Komplexe mit sich herumtragen und letzten Endes eine Art Versteckspiel mit sich selbst betreiben. Als mein Bruder nun verstorben war, beschloss ich, ohne dabei direkt an ihn zu denken, aber ganz gewiss doch durch ihn ausgelöst, mir so ein Lippenbärtchen wachsen zu lassen. Es wuchs schnell und ich konnte es gut tragen. Als mich meine Schwägerin das erste Mal damit sah, erschrak sie sehr über die verblüffende Ähnlichkeit zu Ihrem verstorbenen Mann. Das hatte ich schon von anderer Seite gehört. Sie sagte ganz spontan: "Oh Gott. Ich dachte, das wär' nun endlich vorüber." Mit dieser oder einer entsprechende Reaktion von ihr hatte ich insgeheim gerechnet. Andrerseits erkannte ich nun auch an mir die Richtigkeit meiner früheren Behauptung. Ich hatte mir ein fast neues Gesicht verschafft, war also in eine gewisse Anonymität übergewechselt. Wenige Bekannte erkannten mich wieder. Ich konnte unerkannt an ihnen vorbeigehen. Das gefiel mir sehr. Sicher macht nicht jeder Bartträger diese Entdeckung, welche ich jedoch als ein besonders willkommenes Erlebnis einstufte. Drittens war es für mich, ganz privat, wenn ich es so nennen darf, das Gedenken an ihn. Ein sichtbares, für mich im Spiegel sichtbares Zeichen der Trauer, meiner Trauer, sonst von niemandem als solche wahrgenommen. Sollte also eines Tages der Wunsch nach 'Namenlosigkeit' wertlos werden, die Ähnlichkeit zu meinem Bruder sich als überflüssig erweisen und das 'Gedenkenwollen' vorüber sein, so wird man das am Verschwinden meines Lippenbärtchens erkennen können. Als wir Geschwister und mein verstorbener Bruder uns, kurz vor seinem Tod, das letzte Mal bei meiner Schwester getroffen hatten, sprach ihn meine Frau auf sein Lippenbärtchen an. Er zwang sich zu einer gewissen Heiterkeit und sagte zu ihr: "Wart man ab, das trag' ich nicht mehr lange." Die Frauen fragten sofort nach: "Wieso, willst du dir den abnehmen?" Er lachte und sagte: "Verrat' ich nicht. Wartet man ab. Er hatte also alles geplant. Das sah man auch an der Tatsache, dass er am Ferienbeginn über sich entschied oder für sich oder gegen sich, wobei ich der Meinung bin, dass es für ihn keine Entscheidungsmöglichkeit gab. Sicher hat er nach Auswegen gesucht. Aber, ich frage Sie, kann man einen stocktrockenen Baum umpflanzen? Sie meinen ... also nach dem Muster: 'Er hätte ja woanders völlig neu anfangen können, nicht wahr? Alles einmal vergessen, als wäre nie etwas gewesen. Nein, er konnte das nicht. An ihm war kein einziges grünes Blatt mehr. Ihm stand der Tod als ein "Muss" bevor und wurde von ihm schließlich so

angenommen. Es ist natürlich für Sie interessant zu wissen, ob er einen Glauben hatte. Schwer zu sagen. Wurde ja niemals drüber gesprochen, höchsten drüber gelacht, sogar gespottet. Ich kann mir in ihm keinen tiefen Glauben vorstellen. Tiefer Glaube müsste auch Wurzeln haben. Sicher, die können später wachsen, aber in unserem Elternhaus lachte man über Leute, die ihren Glauben bekannten, die nicht das "Selbst-Handanlegen" über alles stellten, Er selbst hat sich nie so geäußert, dass man hätte religiöses Empfinden vermuten können. Das ist bei mir wesentlich anders. Ich bin aus meiner inneren Not zu einem Glauben gekommen, der sogar in gewisser Weise verwurzelt ist. Ich gebe gerne zu, mich dabei einem unterrichtsmäßigen Lern- und Bewusstmachungsprozess unterzogen zu haben, eigentlich unterworfen zu haben. Ich hoffe auf die Erfüllung meines Glaubens. Ich scheue mich nicht, mit meinem Gott in pausenlose Gespräche zu treten und mich ihm immer wieder neu völlig zu überlassen und mich immerzu von ihm neu annehmen zu lassen. Nein, daraus mache ich keinen Grundsatz, schon gar nicht nachträglich für meinen Bruder, nach dem Motto: 'Wäre er gläubig gewesen, hätte so etwas nicht passieren können und dürfen.'
Ich seh es Ihnen an, Sie sind noch nicht zufrieden mit mir. Sie wünschen das "totale Geständnis", obwohl Sie ebenso wissen, dass es das nicht geben kann. Sie verlangen das Unmögliche. Sie suchen und verlangen Schuld. Schuld an einem

Selbstmord. Mein Bruder war intelligent, was natürlich nichts zur Sache tut. Aber er wird einen Gedanken, den ich kürzlich aufgenommen habe, auch gedacht haben, nämlich dass ein Selbsttötungsakt ein dreifacher Tötungsakt ist: man stirbt... man tötet sich und wird ermordet. Denkt man den Gedanken zu Ende, bleibt die Schuld in einem selber zurück, und es gibt eine Schuld. Verstehen Sie, die Schuld verlässt den Täter nicht. Täter und Opfer tragen die Schuld gemeinsam. Sie kehrt in einen selbst zurück, zu ihrem Ursprung. Sie kann nicht heraus, nicht ausweichen, nicht entweichen. Sie ist nicht übertragbar. Er war sich unbedingt der Schuld bewusst, aber dieses Bewusstsein konnte nichts mehr bewirken. Es wurde zu einem bewussten Unbewusstsein. Sie würden diese Schuld zu gerne außerhalb sehen, finden wollen. Das wird Ihnen nicht gelingen. Er hat, und das ist meiner Meinung nach der Beweis dafür, folgerichtig keinen Brief hinterlassen, keine "Schuld" hinterlassen. Zu sagen gab es auch nichts mehr, alles, was zu sagen war, hatte er bereits 'nicht gesagt'. Wie ich auf die Frage, 'wie ich das denn verkraftet hätte' wenn Sie bitte verstehen wollen. Zum Schluss hat er ja nichts mehr besessen, nicht einmal sich selber. Seine eigene Schuld war aus diesem Grunde unbedeutend. Er war also schuldlos. Schuldlos weil er wertlos geworden war. Alles, was ihm je etwas bedeutet haben mag, verlor an Wert, bis zu dem Augenblick, wo die Trennung davon eintrat und die Wertlosigkeit sichtbar wurde. Alle Werte trennten sich von ihm, bis nichts mehr übrig geblieben war. Der Tod war schon vor seinem Tod für ihn Wirklichkeit. Sein Sterben begann nach seinem Tod. Er pflegte einen alltäglichen Umgang mit seinem Tod, über ihn brauchte keine Entscheidung mehr gefällt zu werden. Mein Bruder war nicht mehr nur hilflos, sondern völlig machtlos. Willenlos eigentlich.

Als meine Schwester und ich an dem Vorabend im Hotel saßen, hatte ich ganz schnell gesagt: 'dem ist doch alles egal.' Wissen Sie, es war ihm nicht nur alles, sondern jeder und er sich selbst schon lange ohne jede Bedeutung. Natürlich ist Selbstmord nicht gleich Selbstmord. Niemals. Das dürfen Sie ihm und mir nicht unterstellen. Kein Tod ist wie der andere. Ich heiße auch nichts von dem Geschehenen gut und entschuldige weder ihn für mich noch mich für ihn oder gar die Tat. Nein, es gibt nichts zu entschuldigen, und nichts und niemand ist zu beschuldigen. Ihre Zweifel sind natürlich auch meine Zweifel. Sehen Sie, deshalb habe ich auch darüber bisher geschwiegen und werde in Zukunft wieder darüber schweigen. Ich werde nach wie vor zwischen vermisster Lebensfreude und sich aufdrängender sogenannter Lebensqualität schwanken, werde nach wie vor Beschränkungen meines persönlichen Freiraumes von außen gegen ein Öffnen meiner Person nach außen zu bekämpfen suchen und werde dauernd diesen Zustand endlich in ein Gleichgewicht zu bringen trachten.

Sie haben recht, denn Sie denken nun, dass ich wieder abschweife.

Zum Schluss möchte ich Ihnen noch ein kleines Geständnis anvertrauen: Sicher haben Sie bemerkt, dass ich mit meinen Gefühlen und meinen Überlegungen in die Haut meines Bruders geschlüpft bin, und dass ich mir dessen auch bewusst bin.

Sie wissen aber nicht, dass ich mich wohl darin fühle.

Weitere Veröffentlichungen von Harald Birgfeld in Druck und
Herstellung bei:
Books on Demand GmbH, 22848 Norderstedt und online.

Lyrik:
..and I said to myself, what a wonderful world, *36 Gedichte mit*
fantastischen Inhalten, 44 S.
Auf deiner Reise zum Rande im Rande des Randes der Sonne *187*
Gedichte: Im Innern der Sprache werden Kräfte freigesetzt. 184
S.
Die Insassinnen, *Epos, Lyrik, Außenlager KZ-Sasel, 136 S.*
Feuer, das zur Speise wird, *114 Gedichte aus meiner digitalen Welt, 68 S.*
Für dich..., *43 Liebesgedichte und 15 Augen-Blicke, 32 S.*
Gedichte, veröffentlicht in ausgewählten Anthologien, und Namenlos von meiner Insel,
42 Briefe, *Lyrik, 108 Seiten,*
Honigweißer Duft, *14 fantastische Gedichte, 32 S. dabei 14 farbige*
Seiten.
Liebestestament, *37 Gedichte Liebeslyrik, 44 S.*
Mund aus Glas am Rand aus Fleisch, *114 Gedichte,*
Schwarze Liebeslyrik, 120 S.
Sofortige Lähmung, *112 Gedichte aus dem Innersten, 72 S.*
Unter einem Mikroskop, *36 Gedichte für eine parallele Welt, 28 S.*
Von Haut zu Haut, *132 Gedichte: Was macht meine Liebe an dir und*
an mir mit mir und mit dir? Liebeslyrik. 48 S.
Wir gerieten in den Gürtel der Meteoriten, *10.000 Aufschläge,*
Band 14: Aufschläge 6502 – 6999, ca. 500 Strophen aus
einem Zyklus von 10.000 Strophen. Lyrik. 224 Seiten
Wo die schwarzen Blätter wachsen, *129 erotische Gedichte? 76 S.*

Prosa:
Fünf Veröffentlichungen/Five Publications (deutsch/englisch),
32 S. Format A5 (1 Band)
Theorie und Utopie der eigenen Zeit,
Theorie und Utopie der anderen Zeit.
Die Zeit der Gleichungen ist vorbei
Societ lyrics, was ist das?
Folienbilder-Entstehung
Kleine Fibel Arbeitsschutz *(für die praktische Arbeit) an:*
„Hochschulen", „Kindergärten", „Schulen" (3 Bände)

Weitere Veröffentlichungen von Harald Birgfeld, derzeit **online** unter
www.Harald-Birgfeld.de
Im Volltext für jedermann zugänglich und einsehbar.

Lyrik:

Alsterwanderweggedichte, 41 zeitgenössische Gedichte, (illustriert)
Bärbel und Harald, Epos, Gedicht in 93 Teilen
Die Frau des Terroristen, 53 Facettengedichte
Die Insassinnen, Theaterstück, Außenlager KZ Sasel, 3 Akte
Die Zeit der Gummibärchen ist vorbei, 76 zeitgenössische Gedichte,
    (illustriert)
Gespräche dritter Art, 90 zeitgenössische Gedichte
Gespräche zweiter Art in Art der Art, 89 zeitgenössische
Gedichte
Großes Liebestestament, 68 Liebesgedichte, 144 S.
Im Reißverschluss der Illusion, 57 Facettengedichte
Wir gerieten in den Gürtel der Meteoriten, 10.000 Aufschläge,
    23 Gedichtbände

Lyrik von Harald Birgfeld erschien in mindestens 27 Anthologien

---

Prosa:

Trennung von B., Phänomen Trennung, 147 S.

Die Tätowierungen der jungen Tanja W. : „Die Tätowierungen der
    jungen Tanja W." handelt von der Selbstsuche und Selbstfindung
    einer jungen Frau, 132 S. Format A5
